저녁
식사가
끝난 뒤

저녁 식사가 끝난 뒤

함정임 소설

문학동네

차례

기억의 고고학—내 멕시코 삼촌

내가 그를 찾아볼 생각을 한 것은 멕시코에서 날아온 한 통의 이메일을 통해서였다. 발신자는 멕시코시티 우남 대학에서 한국어를 가르치는 J선생이었다. 편지는 멕시코와 쿠바에서 한국문학심포지엄과 문학의 밤을 공동개최할 것을 제안하는 내용이었다. 최근 한류가 전 세계로 퍼져나가면서 한국문학에 대한 관심과 요청이 늘고 있었다. 2000년대 벽두에 창립된 한국문예창작학회는 이러한 흐름의 일환으로 매년 한두 차례 국외에서 국제문학심포지엄을 열어왔고, 더불어 그곳 동포들과 현지인들을 대상으로 문학의 밤을 열어왔다. 학회에서 국제교류를 맡고 있던 나는 주말에 학회장인 강선생을 만나 의논하기로 하고, 대강의 프로그램 구상을 교환하자는 내용의 답신을 J선생에게 보냈다. 그리고 그동안 국제학술대회가 개최된 국가가 표시된 세계전도에서 태평양을 건너 중남미 쪽으로 시선을 돌렸다. 멕시코라는 글자가 눈에 들어오자 한동안 뚝 끊겼던 소리가 이어지듯 아코디언 선율이 귓가에 아련하게 울려퍼졌다.

*

그는 빨간 아코디언과 함께 나타났다. 내 나이 아홉 살, 밤이면 손바닥선인장 가시에 온몸을 찔리는 꿈을 꾸던 무더운 여름날이었다. 사녀일남 중 막내였던 아버지는 방학만 되면 나를 고모들 집으로 번갈아 보냈고, 개학식 하루 전날에야 집으로 데리고 왔다. 고모들은 부산과 울산, 김해와 밀양 어름에 흩어져 살았고, 일곱 살에 엄마를 여읜 나는 네 명의 고모들 집을 차례로 순례하며 눈칫밥을 먹었다. 그런데 고모들과 아버지 사이에 무슨 협약이 맺어졌던지, 아홉 살 겨울 이후에는 울산의 진아 고모네로 가는 것으로 고정되어버렸다. 자동차회사에 다니는 고모부 덕분에 진아 고모네는 넓은 아파트에 씀씀이가 좋았다. 반면 부산 아미동의 춘아 고모네는, 고모들 집 중에서 가장 작을뿐더러(사실 길쭉한 방 한 칸에 부엌을 겸하여 사용하고 있어서 집이라고 부를 만하지 않았다), 그 알량한 집으로 들고 나려면 뱀처럼 구불구불 휘어진 비좁은 골목의 셀 수도 없이 많은 계단들을 밟아야 했다. 그래도 나는 춘아 고모네에 가는 것을 제일 좋아했다. 춘아 고모는 화를 내거나 슬픈 표정을 짓는 일이 없었고, 언제나 웃는 눈에, 입에서는 노래가 끊이지 않았다. 무엇보다 춘아 고모에게 가족이 없는 것이 마음에 들었다. 그리고 춘아 고모네에 가면 보습학원이나 피아노학원에 가지 않아도 될뿐더러, 아버지 입에서 나는 지독한 술냄새를 맡지 않아도 되었다. 오직 골목에서 동네 아이들과 뛰어놀

다가 춘아 고모가 어귀에 나타나면 후다닥 달려내려가 두 손에 들고 있는 봉지를 들어주면 되었다. 골목은 미로처럼 골목에서 골목으로 이어졌고, 나는 아버지가 데리러 오지 않는 한 골목 밖으로 나가는 일이 없었다. 그러므로 한동안 나는 춘아 고모네가 마을의 어디쯤에 위치해 있는지, 또 골목 꼭대기까지 올라가면 무엇이 보이는지도 알지 못했다. 고개를 들면 슬레이트 지붕 사이로 보이는 파란 하늘에 수십 개의 전선들이 거미줄처럼 얽혀 있었다. 어쩌다 풍선놀이를 하다 놓쳐서 둥실 솟구치는 그것을 따라 허공을 올려다볼 때면, 시커먼 전선들이 쉬익쉬익 기분 나쁜 소리를 내며 집과 집 사이를 건너지르고 있었다. 맹렬하게 흐르는 전류 소리 때문인지, 끊어질 듯한 긴장감 때문인지 그것에 눈이 닿는 순간 목덜미가 감전이라도 된 듯 찌릿찌릿했다. 왜 그런지 모르지만 골목 아이들에게 춘아 고모는 마녀로 불렸다. 춘아 고모 그림자가 골목에 비치기라도 하면 함께 놀던 동네 조무래기 녀석들은 쥐구멍에라도 찾아들어가듯 얼른 제집으로 달아나버렸다. 하루에도 몇 번씩 뼈가 으스러져라 나를 껴안아주는 춘아 고모를 아이들은 러시아 마녀라도 되는 듯이 두려워했다. 이유가 있다면, 춘아 고모의 특이한 머리 모양새와 목소리 때문일 것이었다. 춘아 고모는 긴 파마머리를 거푸집처럼 크게 부풀려 빨갛게 염색하고 있었다. 그래서인지 그녀가 골목 어귀에 나타나면 마치 기골 있는 사내가 들어선 듯 골목통이 꽉 차 보였다. 게다가 어디에서 나오는지 춘아 고모가 나를 찾아 부르는 목소리는 골목통에 쩌렁쩌렁하게 울렸다. 한번은 술래잡기하다가 늦게 대답하는 바람에 춘아 고모가 사방팔방에 내 이름을 불러대서 아랫집 유리창이 깨지는 사태가 돌발했다. 그러잖아도 오랫동안 금이 가 있던 유리창이었지만, 그 사건 이후로 나는 춘아 고모가 부르기 전에 기다렸다가 후다닥 달려내려갔다. 그런 춘아 고모가 작지만 맵시 있는 원래 모습으로 돌아간 것은 빨간 아코디언을 가슴에 안고 그가 나타난 뒤였다. 그가 골목 어귀에 들어서자 우리는 약속이나 한 듯이 얼음땡놀이를 멈추고 모두 그를 바라보았다. 그는 킹콩처럼, 아니 코끼리처럼 쿠궁쿵 한 발 한 발 내디디며 우리에게 다가왔고, 두 볼이 상기된 채 헐떡이고 있던 우리는 담벼락에 등을 바짝 대고 껌딱지처럼 달라붙었다. 그는 아슬아슬하게 우리 옆을 지나, 나선형으로 이어지는 좁은 골목의 계단을 한 발 한 발 밟고 올라갔다. 정지된 화면처럼 그 자리에 멈춰 서서 그의 뒷모습을 눈으로 좇던 우리는 그가 시야에서 사라지자, 다시 얼음땡놀이를 하려고 각자의 위치에 가 섰다. 그때 골목이 쿨렁, 하고 휘청거릴 정도로 크고 우람한 아코디언 소리가 골목 너머에서 들려왔다.

*

태평양 건너 J선생의 제안은 두 가지 의미에서 고무적이었다. 멕시코는 프랑스, 페루와 함께 한류의 정점에 있었다. 학회 차원의 의견 수합이 필요했다. 한류와는 별도로 멕시코의 소식은 잊고 살았던 내 어두운 유년의 삽화 한 자락을 불러내었다. 나는 멕시코에 대한 자료 수집에 적극적으로 나섰다. 그런데 십 년 전 학회 설립 초창기에 다녀온 터라 강선생은 물론 학회원들이 멕시코에 다시 갈지 의문이었다. 그때 다녀온 사람들은 고개를 절레절레 흔들며 이구동성으로 비행 노선에 대한 불편을 언급했다. 십 년 전보다 교통편이 나아졌다고 해도 멕시코행을 성사시키려면 획기적인 프로그램 구성이 중요했다. 강선생과 만나기 전에 한류의 세계적 현상을 점검하고 정리했다. K-POP과 SNS의 상관관계에 관한 리뷰가 꽤 올라와 있었다. 한류의 전 세계 확산에는 바로 소셜네트워킹서비스와 유튜브의 역할이 일등공신임을 부인할 수 없었다. 파리에서는 한국어학원인 세종학당이 개원하고, 멕시코에서는 한국문화원이 개원할 것이라는 뉴스가 토픽으로 보도되었다. 그러나 한류 속에 문학의 자리는 미미했다. 한류와 문학을 효과적으로 연계시키는 방법을 모색하다가 시계가 다섯시를 가리키는 것을 보고 책상을 정리했다. 낙원상가에 들를 참이었다. 즉흥적으로 떠오른 생각이었다. 사무실 문을 열고 계단을 뛰어내려가는 발걸음이 경쾌하게 느껴졌다. 경쾌한 발걸음은 뜻밖의 놀라운 일이 기다리고 있을 것 같은 기대감으로 이어졌다.

*

멕시코 삼촌이라 불러! 춘아 고모는 내가 문지방에 들어선 것을 알아차리고는 눈짓으로 방구석에 놓여 있는 물건을 가리키며 말했다. 가슴에 빨간 아코디언을 메고 골목 너머로 사라졌던 코끼리처럼 육중한 남자가 춘아 고모를 찾아온 손님이었다는 사실이 믿어지지 않았다. 춘아 고모는 내가 술래잡기놀이를 하는 동안 무슨 뜻밖의 횡재라도 한 듯이 콧노래를 흥얼거리며 찌그러진 양은냄비에 손바닥선인장을 옮겨 심고 있었다. 멕시코 삼촌. 콧노래가 절로 나도록 신이 난 춘

아 고모처럼 나도 애타게 기다리던 누군가가 돌아온 듯 눈앞이 환해
지면서 몸이 공중으로 붕 떠오르는 기분이었다. 춘아 고모는 손바닥
선인장을 지붕 위에 사뿐히 올려놓았고, 나는 창공을 향해 손을 뻗으
며 깡충 뛰어올랐다. 골목을 따라 늘어선 집들은 움막처럼 작고 낮아
서 뛰어오르면 내 손에도 지붕이 닿을 것 같았다. 나는 술래잡기놀이
를 하러 골목을 뛰어내려가거나 올라올 때 가시투성이 선인장의 색깔
을 보고, 날이 맑고 흐린 정도를 알아맞히곤 했다. 맑은 날에 손바닥
선인장은 투명한 녹청색이었고, 흐린 날에 그것은 불투명한 암청색이
었다. 하늘에 잔뜩 먹구름이 끼고 천둥 번개가 골목을 찢어놓을 듯이
번쩍번쩍 내리찍으며 빗방울이 떨어지려 할 때, 손바닥선인장은 애꾸
눈 해적처럼 사나워 보였다. 그런 날이면 춘아 고모는 지붕에 올려놓
았던 손바닥선인장을 얼른 들여와 윗목 구석에 놓았고, 밤이 되면 그
옆에 자리를 깔고 나를 재웠다. 멕시코 삼촌과 춘아 고모, 그리고 내
가 발을 뻗고 잠을 자기엔 방은 비좁았고, 나는 밤새도록 손바닥선인
장 가시에 온몸이 찔리는 불편한 꿈을 꾸다가 이른 새벽에 깨곤 했다.
춘아 고모가 애지중지 키운 탓인지 손바닥선인장의 가시는 날이 갈수
록 수북하게 번성했고, 아버지는 방학이 끝나도록 나를 데리러 오지
않았다.

*

"벌써 십 년 전이군."
약속시간보다 삼십 분 먼저 '보데기타'에 와서 모히토 한 잔을 비

우고 있던 강선생은 내가 문을 열고 들어서는 것을 확인하고는 바텐더에게 내 것과 자신의 두번째 모히토를 시켰다. 요즘 갑자기 홍대 앞 주점가에서 모히토가 유행이었다. 은근히 새것에 민감한 강선생은 학회 단골 주점인 야술가를 제치고 '그럼 우리 보데기타에서 럼이나 한잔하지'라고 통화 말미에 제안했다. 보데기타는 쿠바 아바나에 있다는 클럽 '라 보데기타 델 메디오'에서 따온 것으로, 홍대 앞에서 모히토를 마실 수 있는 몇몇 바 중의 하나였다.

"그땐, 좀 무리를 했지."

스크린에는 쿠바를 무대로 한 재즈 애니메이션 〈치코와 리타〉가 흐르고 있었다. 연초 짐 정리 문제로 희제와 신촌에서 만나 아침 겸 점심을 먹은 뒤 근처에 있는 아트하우스 모모에서 함께 본 영화였다. 재능과 사랑, 상승과 좌절의 러브스토리가 폐부 깊숙이 파고들었지만 눈물을 자아낼 정도로 누선을 자극하지는 않았다. 그러나 나는 영화가 끝날 때까지 어둠 속에서 몇 차례 눈물을 훔쳤다. 리타가 부르는 노래들은 무의식의 골방 속에 가둬두고 좀처럼 풀어내지 못했던 춘아고모를 둘러싼 오래된 기억들을 무장해제시키는 마력이 있었다. 춘아고모에게 마지막으로 간 것이 언제였나 기억이 가물가물했다. 용인까지 그리 먼 거리는 아닌데 한번 가야지 마음만 먹을 뿐 몇 년을 그대로 훌쩍 흘려보냈다.

"다시 가고 싶긴 하네만, 문제는 가고 오는 데 너무 많은 시간이 든단 말이지. 경비도 만만찮고."

좁고 길쭉한 유리잔에 얼음과 애플민트를 줄기째 넣은 모히토 한잔이 내 앞에 놓였다. 유리에 비친 민트의 초록색이 보기만 해도 시원

했다. 강선생과 가볍게 잔을 부딪친 뒤 한 모금 마셨다.

"이제 좀 나아지지 않았겠어요? 십 년이면 짧은 세월이 아닌데요."

입안에 도는 라임의 맛이 눈이 질끈 감길 정도로 시큼하고 상큼했다. 눈가의 경련을 지그시 누르며 〈치코와 리타〉로 시선을 돌렸다. 애니메이션이라고 믿기지 않을 만큼 리타의 육체가 생동감이 있었다.

"글쎄, 한류 때문에 십 년 전과는 양상이 달라졌다지만 그렇다고 해도 회원들이 두 번 가기는 무리일 거야. 프로그램 여부를 떠나서."

무대에 오른 리타에게 조명이 쏟아지고 있었다. 다시 봐도 리타의 허스키한 목소리는 몸에 난 솜털을 하나하나 훑고 지나가듯 전율을 일으켰다. 영화 속의 치코처럼 나도 강선생도 잠시 리타에게 사로잡혀 숨도 쉬지 않고 바라보았다.

"그렇죠?"

나는 라임과 민트가 골고루 잘 섞이도록 모히토 잔을 흔들며 뒤늦게 강선생 말에 응수했다. 스페인 출신의 일러스트레이터가 재현한 리타의 육체적 볼륨감은 살아 있는 배우보다 더 관능적이었다.

"그렇지. 하선생이 정 가고 싶으면 구성원을 새로 꾸려보소."

리타가 부르던 〈베사메 무초〉가 끝나자 무대의 스포트라이트가 거둬지고, 서로의 재능을 알아본 치코와 리타가 아바나의 해변 도로를 질주하는 장면으로 이어졌다.

"아, 말레콘 해변이군."

강선생은 십 년 전 아바나의 밤을 떠올리고 있는 모양이었다. 나는 오픈카에 실려 바람을 맞으며 심야의 해변 도로를 질주해 어둠 속으로 사라지는 연인의 뒷모습을 좇으며 희제와의 마지막 섹스를 되새기고 있었다. 그날 영화가 끝나자 누가 먼저랄 것도 없이 택시를 잡아타고 오피스텔로 와서 격렬하게 섹스를 한 것은 희제나 나나 리타의 몸에 심어진 관능성에 걷잡을 수 없이 휩싸였기 때문이었다. 한겨울 햇볕이 내리쬐는 이른 오후의 섹스는 마지막답게 외설스러웠고, 석양 무렵 깨어 침대에 혼자 남게 되었을 때는 꿈속의 일인 양 아련하기만 했다. 희제도 나도 선물처럼 치른 사랑의 행위에 만족했다. 우리는 서로의 몸에서 떨어져나오기 전에 귓불을 핥으며, 고마워, 라고 속삭였고, 그것으로 마지막 미련의 찌꺼기를 깨끗이 씻어버렸다. 그날의 열기가 새삼 떠올라 귓불이 화끈거렸다. 분위기를 바꿀 겸 남은 모히토를 단숨에 마시고는 바텐더에게 빈 잔을 들어 보이며 한 잔 더 주문했다.

"카리브 해의 물결이 하얀 포말을 물고 낮이나 밤이나 저 둑을 넘어 도로를 흥건히 적셨지. 길 건너 골목에서는 춤과 노래가 끊이지 않았고."

쿠바는 멕시코행의 연장선에 놓이지만, 멕시코로 향하는 여행자들의 마음에는 쿠바에 대한 동경이 컸다.

"강선생님께서 가신다면 어렵지 않을 것 같은데요."

"어이쿠, 날 볼모로 삼는구먼. 그런데 하선생, 평소답지 않게 멕시코에 적극적인걸. 누구, 만나볼 사람이라도 있나?"

나는 새로 채워준 모히토를 한 모금 마시며, 멕시코 삼촌의 얼굴을 떠올렸다. 설사 간다 한들 멕시코 삼촌이 지금 어디에 살고 있는지 알 수 없을 것이었다. 리타의 노래는 끝이 났는데 온몸을 휘감는 특유의 허스키하고 고혹적인 음색은 여전히 귓전을 맴돌았다.

"혹시 모르죠. 멕시코에서 뜻밖의 행운이 기다리고 있을지요."

평소 농담을 모르던 내가 어울리지 않게 너스레를 떨자 강선생이 피식 웃으며 물었다.

"그나저나 염시인 소식은 들었소?"

학회 자료실에 올라온 사진 사건을 떠올리고 있는 모양이었다. '아바나의 불타는 밤'이라는 제목으로 올라온 사진 속 주인공인 염시인은 십 년이 흐르는 동안 학회원들 간에 잊힐 만하면 다시 떠올라 회자되었다. 염시인은 맥주 한 모금만 마셔도 얼굴이 불난 것처럼 빨개져서 학술대회 뒤풀이 때마다 일찍 숙소로 들어가곤 했다. 그런데 그날은 어쩌다가 몇몇 회원들과 어울려 올드 아바나의 클럽에 갔다가 우연히 어울려 춤을 추게 된 남성과 기념사진을 찍었는데, 그녀의 어깨를 힘차게 끌어안은 현지 남성의 근육질 팔뚝에 포커스가 맞춰지는 바람에 불타는 밤의 주인공이 된 것이었다. 염시인은 한동안 쿠바 이야기만 나오면 얼굴을 붉히며 곤혹스러워했는데, 들리는 말에 문화예술인 교류사업의 일환으로 쿠바에 파견되어 두 달째 머물고 있다고 했다.

"이번에 가면 찾아봐야겠어."

강선생은 회한에 잠긴 목소리로 흘리듯 말하고는 모히토를 한 모금 마셨다.

"염시인을요?"

나는 모히토 잔을 손끝으로 만지작거리며 물었고, 강선생은 다시 잔을 입으로 가져가며 고개를 저었다.

"물론, 염시인이야 쿠바 가면 만나겠지. 내가 만나려는 사람을 하선생은 몰라."

얼음이 녹으면서 모히토 잔에 물방울이 흥건히 맺혔다.

"그때 만난 사람인가보죠, 쿠바에서."

잔에 맺힌 물방울들이 주르륵 아래로 흘러내렸다.

"아니, 멕시코에서."

*

빨간 아코디언을 가슴에 메고 멕시코 삼촌이 골목에 나타난 이후 춘아 고모의 손바닥선인장은 멕시코선인장으로 불렸다. 멕시코 삼촌은 혁이 할머니가 살던 토끼집으로 옮겨가기까지 두 사람이 겨우 누울 정도로 좁은 춘아 고모의 쪽방에서 함께 살았다. 토끼집은 춘아 고모네 맞은편에 있었다. 그 집은 골목통에 늘어서 있는 대부분의 움막집들처럼 긴 사각형 모양이 아닌 기이하게도 긴 삼각형 모양이었다. 아이들은 계단을 엉금엉금 기다시피 올라가 회색 쪽문을 열고 굴속처럼 컴컴한 안으로 들어가는 혁이 할머니의 모습이 늙은 토끼처럼 생겼다고 해서 토끼집이라고 불렀다. 나는 여섯 살 때 토끼가 얼어죽은 것을 유치원 마당에서 목격한 뒤로 토끼에 대한 공포를 품고 있었다. 죽는다는 것이 무엇인지 토끼는 눈앞에서 보여주었고, 나는 비명도 못 지르고 와락 엄마 품에 안겨 눈물을 쏟았다. 좀처럼 울음을 그치지 않는 나를 안고 엄마는 힘없는 손으로 등을 쓰다듬어주었다. 엄마를 입원시키기 위해 병원으로 가려던 아버지는 기다리다못해 나를 엄마 품에서 떼어 유치원 선생의 손에 넘겨주고는 엄마를 감싸안듯이 차로 데리고 갔다. 엄마는 창백한 얼굴로 차창에 기대어 나를 보고 손을 흔들었고, 이후 다시는 집으로 돌아오지 않았다. 나는 이듬해 봄이 되어서야 얼어붙은 채 숨을 쉬지 않던 토끼를 발견했을 때처럼 액자 속 엄마 사진 앞에서 숨이 멎을 듯한 고통을 겪었다. 나는 토끼를 닮은 혁이 할머니를 보는 것이 두려웠다. 좋지 않은 일이 일어날 것처럼 가슴이 아팠다. 나의 두려움과 혁이 할머니의 죽음 사이에 무슨 연관이 있는지 알 수 없지만, 내가 춘아 고모네에 간 지 얼마 안 되어 혁이 할머니는 골목의 수많은 계단들 중 하나를 헛짚어 뒤로 굴러떨어졌고, 오른쪽 엉치뼈가 내려앉았다. 그리고 곧 토끼집 처마밑에 조등이 달렸다. 아이들은 여느 때처럼 조등 아래서 고무줄놀이와 술래잡기놀이를 했지만, 나는 아이들이 건넛마을에 있는 학교로 모두 가버리고 혼자 남은 낮에는 조등이 걷힐 때까지 문밖에 나가지 못했다. 문간에서 춘아 고모가 혁이 엄마와 주고받는 대화를 흘려듣던 나는 사람의 엉치뼈라는 것이 가슴에 손을 얹으면 두근두근 뛰는 심장과 다르지 않다는 것을 깨달았다. 토끼집에 있던 유일한 창문과 창문을 뒤덮고 있던 철망은 누구의 손을 탔던지 쥐가 파먹은 듯이 후벼파헤쳐지고, 녹슬어갔다. 골목 입구에서 치킨집을 운영하는 혁이 아버지가 토끼집을 허물고 이층집을 짓는다는 소문이 돌자 춘아 고모가 득달같이 혁이네로 달려갔고, 다음날 멕시코 삼촌은 거구를 우그려넣듯 어깨를 옹송그리며 토끼집으로 들어갔다. 처음 모습을 보고 움츠러들었던 때와는 달리 멕시코 삼촌이 토끼집 문을 열고 밖으로 나오면 아이들은 우르르 몰려가서는 동네 악대처럼 삼촌의 뒤꽁무니를 쫓았다. 멕시코 삼촌의 가슴팍에서는 수공작의 날개만큼이나 다채로운 아코디언 소리가 울려퍼졌고, 그 소리는 골목을 에돌아 변전소에서 뻗어나가는 수

많은 전선들을 타고 집집마다 창문 틈으로 흘러들어갔다. 베사메, 베사메 무초. 춘아 고모는 손거울을 들여다보며 맨드라미보다도 더 붉은 립스틱을 입술에 찍어바르며 아코디언 선율을 따라 흥얼거렸다. 멕시코 삼촌이 토끼집으로 옮겨간 뒤로 춘아 고모는 오후 늦게 골목을 내려가서는 새벽녘에야 열쇠로 문을 열고 들어왔다. 해질녘이면 아이들은 골목을 버리고 모두 제집으로 돌아갔다. 밥 먹으라는 엄마의 부름에 움직이는 아이들은 거의 없었다. 오히려 아이들이 고사리 같은 손으로 가족이 먹을 밥을 지으러 가는 것이었다. 열 살 안팎의 나이, 아미동에서는 밥을 짓고 빨래를 하는 나이였다. 나는 나선형 계단이 꺾이는 계단참에 앉아 춘아 고모를 기다렸다. 태풍이 몇 번인가 골목통의 지붕들을 날려보냈고, 그해 가을이 가고 겨울이 와도 아버지한테서는 소식이 없었다.

*

밤에 오피스텔 현관문을 열고 들어가면 어두운 유리창가에 빨간 아코디언의 건반들이 반짝 빛을 내었다. 낙원상가 악기점에 전시된 아코디언들 중에는 멕시코 삼촌이 켜던 아코디언과 같은 빨간색은 없었다. 인터넷 중고악기 사이트를 물색해 겨우 하나를 구입했다. 아코디언을 오피스텔에 들여놓은 이후 일찍 귀가하는 날이 많았다. 아코디언 교습을 받고 싶은 마음은 없었다. 다만 대학을 졸업하면서 칠 년간 동거했던 희제와 관계를 정리한 뒤, 딱히 감지하지 못했던 어떤 균열감, 또는 결락감을 그것이 잠재워주고 있는 것만은 확실했다. 새벽까지 프리미어리그를 보다가 아코디언 옆에서 잠드는 날이 많았고, 잠들 때 옆에 누군가 함께 있는 느낌이 좋았다. 어느 날에는 새벽에 깨어 춘아 고모를 느꼈다. 그런 날 아침이면 춘아 고모가 좋아하던 라리꽃을 들고 용인에 다녀와야겠다는 생각이 절실해졌다. 아버지는 춘아 고모를 입에 올리기를 꺼려했다. 멕시코 삼촌의 존재는 아예 무시했다. 춘아 고모는 내가 졸업 직후 프랑스에 연수 가 있던 중에 눈을 감았다. 사실을 모르다가 귀국 후 진아 고모와 전화 통화를 하면서 알게되었다. 춘아 고모는 멕시코로 가려고 수속을 밟다가 췌장암 확진을 받았고, 석 달 만에 세상을 떠났다. 진아 고모는 전화를 끊으려던 중에 왜 멕시코에 가려고 했는지 알다가도 모르겠다고 말끝을 흐렸다. 멕시코에 가면 강선생이 말하던 에네켄 박씨를 찾는 길에 멕시코 삼촌을 수소문해볼 수도 있을 것이었다. 멕시코 삼촌이라도 되는 듯이 아코디언을 물끄러미 바라보다가 멜로디 건반에 다섯 손가락을 가만히 얹었다. 힘을 주어 누르지 않았는데도 숨소리처럼 건반에서 멜로디가 흘러나오는 듯했다. 베사메, 베사메 무초.

*

춘아 고모는 가수였다. 멕시코 삼촌의 빨간 아코디언은 춘아 고모를 앞세우고 좌우로 날개를 활짝 펼쳤다 접었다 하며 무지개 빛살과도 같은 신비로운 소리를 자아냈다. 그 소리는 마음속 허기를 꽉 채워주듯 단단하게 날 붙잡아주었다. 나는 주름통을 울리며 퍼져나가는 소리도 소리려니와, 그전에 바쁘게 움직이는 멕시코 삼촌의 왼손

22

과 오른손을 번갈아 바라보느라 정신이 없었다. 멜로디 건반을 누르는 오른손과 수십 개의 흰 단추를 누르는 왼손이 신기하게만 보였다. 추석 전날이었다. 춘아 고모는 백화점에서 사왔다며 나에게 빨간 원피스를 입혀주고 꽃단장을 시키고는 앞세워 집을 나섰다. 아버지가 데리러 오는 대신 춘아 고모가 직접 데려다주려는구나 생각했는데, 멕시코 삼촌이 아코디언을 메고 뒤따라 나왔다. 여름방학이 시작되자마자 아버지 손을 붙잡고 힘겹게 올라왔던 골목길을 처음으로 밟고 내려갔다. 빨간 원피스와 까만 구두가 마음에 들었고, 여행을 가는 것처럼 설레기까지 했다. 골목에서 내려오자 고갯길이 나왔고, 아버지와 함께 내렸던 버스정류장이 중간에 보였다. 그런데 춘아 고모는 버스정류장을 지나쳐서는 고갯길을 건너 또다시 구불구불한 골목길을 따라 올라가기 시작했고, 숨이 턱밑에 차오를 즈음 만국기가 펄럭이는 운동장이 나왔다. 운동장가에 하얀 천막이 쳐져 있었고 안에는 골목통에서 얼굴을 익힌 노인들이 홀쭉한 볼에 입을 앙다문 표정으로 가슴에 울긋불긋한 꽃을 달고 플라스틱 의자에 앉아 있었다. 춘아 고모는 자신을 마녀라고 부르던 동네 녀석들의 틈새를 우악스럽게 비집고 나를 앉혔다. 교장선생님이 훈시를 하는 연단에 임시 무대가 꾸며져 있었고, 한복을 요란하게 차려입은 여자가 마이크를 들고 춘아 고모의 이름을 불렀다. 남포동 달리는 꽃마차에서 부산 갈매기들의 사랑을 한몸에 받았던 왕년의 가수 하춘아와 멕시코에서 아코디언을 메고 태평양을 건너온 춘아의 남자 천호운! 멕시코 삼촌의 이름이 천호운이라는 것과 춘아 고모가 왕년의 가수라는 것을 그날 처음 알았다. 왕년의 가수가 무슨 뜻인지 몰랐던 나와 동네 아이들은 처음 들어보는 '왕년의'라는 말을 기억에 새겼고, 그중 한 계집 애는 소꿉놀이를 하다가 '그래 커서 네 꿈이 뭐냐'고 물으면 '왕년의 가수'라고 자랑스레 말하기까지 했다. 춘아 고모는 무대에 올라가더 니 '달리는 꽃마차의 하춘아입니다, 예쁘게 봐주세요!'라고 간드러지 게 콧소리를 내며 구십 도로 허리를 꺾어 절을 했고, 운동장 바닥에 앉아 있던 나와 동네 아이들은 내리쬐는 햇볕에 오만상을 찡그리며 춘아 고모를 우러러보았다. 멕시코 삼촌의 아코디언 연주에 맞춰 춘 아 고모가 부르던 노래는 그녀가 늘 방에서 흥얼거리던 것들이었다. 어느 나라 말인지 가사를 알아들을 수 없는 노래였으나, 모든 노래 는 몇 소절만 지나면 똑같은 말이 몇 번이고 되풀이되는 특징을 가지 고 있었다. 가령, 베사메, 베사메 무초나 키사스, 키사스, 키사스. 춘 아 고모는 그날 이후 마녀에서 동네 계집애들의 우상으로 바뀌었고, 고무줄놀이나 줄넘기놀이를 할 때에도 춘아 고모를 흉내내어 눈꼬 리를 살짝 치켜올리며 키사스, 키사스, 키사스 하고 따라 불렀다. 그 리고 누가 시작했는지 골목통 집들마다 벽에 춘아 고모와 멕시코 삼 촌의 모습이 줄줄이 그려지기 시작했다. 춘아 고모는 검은 선글라스 에 스카프로 머리를 묶고 바바리를 걸치고 뾰족구두를 신고 바람을 일으키며 골목통을 횡 하고 빠져나가고 있거나 흰 레이스 숄을 어깨 에 두르고 프릴이 달린 긴 플레어치마를 치렁치렁 걸치고 멕시코 삼 촌을 따르고 있었고, 배불뚝이인 멕시코 삼촌은 발목이 드러나는 체 크무늬 멜빵바지에 빨간 아코디언을 가슴에 안고 있었다. 손바닥선 인장과 아코디언이 뿔뿔이 흩어져 제멋대로 그려졌고 멕시코 삼촌이 떠나가는 배를 타고 있었다. 아이들이 여러 번에 걸쳐 덧칠을 하는 바람에 춘아 고모 눈 밑에는 눈물방울이 그려졌고, 멕시코 삼촌의 얼굴에는 외딴섬의 외눈박이 괴물처럼 이마에 눈이 하나 더 그려져 있었다. 춘아 고모와 멕시코 삼촌의 초상화는 한 편의 러브스토리처럼 이어지다가 겨울방학이 시작되기 직전 아버지가 골목에 나타난 이후 내 기억 속에서 사라졌다.

*

보데기타에서 강선생이 들려준 에네켄 박씨에 대한 이야기는 나를 더욱 강하게 멕시코로 밀어붙였다. 자료에 의하면 백여 년 전 멕시코 에네켄 선인장 농장에 채무 노동자로 팔려가 갖은 고생을 하며 살아남은 한인 후예들이 현재 삼만에서 사만 명에 이르렀다. 박씨는 멕시코에 살고 있는 동포로 강선생이 첫 국제학술대회 개최지였던 그곳에 갔을 때 만났던 육십대 중반의 에네켄 후예 3세였다. 학회원들의 이동을 맡은 전세버스의 운전자였던 박씨가 헤어지던 순간에 강선생에게 쪽지를 건네주었고, 거기에는 한국 주소와 함께 서너 명의 이름이 적혀 있었다. 그리고 뒷장에는 자신의 이름과 멕시코 주소가 적혀 있었다. 강선생은 박씨의 손을 잡으며 꼭 알아봐주겠노라고 했다. 그런데 멕시코에서 쿠바를 거쳐 다시 멕시코와 캐나다를 경유하는 복잡한 귀국길에 쪽지를 분실하고 말았다. 강선생은 본의 아니게 약속을 지키지 못한 것이 늘 마음에 걸렸는데 이번에 가면 박씨를 찾아볼 수 있을 것으로 기대했다. 그러려면 살아 있어야 할 텐데. 차기 겨울 국제학술대회 개최지를 멕시코와 쿠바로 결정하면서 강선생은 안타까움과 단호함이 교차하는 표정을 지으며 말했다. 별일 없을 거라고, 십년은 짧은 세월이 아니지만, 그렇다고 긴 세월도 아니라고, 인연이라면 만나지 않겠냐고, 위로 삼아 말을 건넸지만, 그 말은 곧 내가 멕시코 삼촌에게 거는 마음이었다. 그래, 살아만 있다면. 강선생과 헤어져 오피스텔로 돌아와 처음으로 아코디언을 가슴에 안아들었다. 쿵작쿵작. 공기주름통이 가슴에 닿자 마치 사람처럼 체온이 느껴졌다. 나비야, 나비야. 멕시코 삼촌이 무등을 태워주기 위해 나를 번쩍 들어올렸던 그날처럼, 춘아 고모가 뼈가 으스러져라 껴안아주던 그날들처럼, 나는 아코디언을 안은 채 전율을 느꼈다.

*

구름이 검게 보이는 것은 구름 뒤에 숨은 해 때문이었다. 바람이 동쪽으로 구름을 밀고 가면서 해가 구름 뒤에서 보였다 안 보였다 했다. 멕시코 삼촌의 뒤를 따르는 조무래기들 무리에 끼여 골목을 올라간 적이 있었다. 골목 끝에 다다르자 잡풀이 우거진 도랑길이 나왔고 멕시코 삼촌은 그 길을 따라 계속 걸어갔다. 석양빛이 길게 그림자를 남기는 오솔길로 아이들은 시답잖게 장난을 치며 멕시코 삼촌의 뒤를 따라갔고, 나는 골목에서 멀어질수록 가슴이 두근두근 뛰었다. 우리말을 모르는 멕시코 삼촌은 늘 벙어리처럼 입을 굳게 다물고 있었고, 이마에 눈이 하나 더 박힌 괴물처럼 우락부락했지만, 천성이 순하다는 것을 아이들은 본능적으로 알아봤다. 여름 내내 웃자란 잡초 덤불숲에서 와글거리던 하루살이떼를 지나 도착한 곳에는 골목통에서는 한 번도 본 적이 없는 놀라운 장면이 기다리고 있었다. 멕시코 삼촌 앞에는 셀 수도 없이 많은 흰 불상들이 앉아 있었고, 영문을 모른 채 따라만 왔던 아이들은 불상들을 보고 입을 딱 벌렸다. 수백 기의 불상들 뒤에 잠시 서 있던 멕시코 삼촌은 문득 아이들을 돌아보더니 가슴에서 아코디언을 내려놓고, 한 명 한 명 번쩍 들어올려 무등을 태워주었다. 아이들은 처음엔 하늘 위로 솟구치는 것처럼 신이 나서 비명을 질렀고, 그다음에는 하아, 하고는 놀라움의 감탄사를 내질렀다. 나는 그날 멕시코 삼촌의 어깨 위에서 처음 보았다. 변전탑 아래 수많은 전선들 사이로 보이는 푸른 바다를. 멕시코 삼촌은 오솔길을 되밟아 오면서 쿵짝쿵짝 아코디언을 켰다. 춘아 고모가 부르던 낯선 노래가 아닌, 우리가 다 아는 노래였다. 나비야, 나비야. 이리 날아오너라. 노랑나비 흰나비. 춤을 추며 오너라. 동네잔치가 끝난 날 오후 나는 골목을 뛰어올라가 불상들 사이에 누웠다. 멕시코 삼촌의 어깨 위에서 볼 때처럼 넓은 바다는 아니었지만, 멀리 호수 같은 바다 위로 흐린 날의 햇살이 흘러내리고 있었다. 아버지가, 아니 엄마가 보고 싶었다. 나는 해질녘이면 자주 골목을 뛰어올라갔고, 불상들 사이에 서서 바다를 바라보고 있던 멕시코 삼촌을 발견하기도 했다. 멕시코 삼촌은 나를 무등 태워 넓은 바다를 보여주었고, 건반을 만지작거리는 내게 아코디언을 가르쳐주었다. 피아노를 치던 내 손가락은 멕시코 삼촌이 일러주는 대로 척척 따라 했다. 멕시코 삼촌은 내 손등 위에 자신의 손을 얹고는 공기주름통을 좌우로 움직이며 〈나비야〉를 끝까지 연주했다. 창공을 향해 기세 좋게 가시를 뻗어가던 손바닥선인장은 겨울이 시작될 무렵 지붕에서 사라졌다. 나는 아

버지 손에 이끌려 골목을 내려왔고, 다시는 아코디언 소리를 들을
수 없었다.

*

멕시코의 J선생으로부터 최종 프로그램이 도착했다. 강선생의 요청
에 따라 에네켄 후예들의 모임에 등재된 이름들의 목록이 별도로 첨
부되어 있었다. 최근에 멕시코 의회에 진출한 에네켄 후예 4대 노라
유의 이름도 올라 있었다. 명단에서 박씨와 함께 천씨를 찾아보았다.
다수의 박씨가 명단에 있었다. 그러나 천씨 성을 가진 사람은 한 명도
보이지 않았다. 강선생에게 최종 프로그램 확인과 한국측 참가자 확
정 명단을 받아서 J선생에게 보내주기 위해 컴퓨터를 켜고 자리에 앉
았다. 쓰던 편지를 임시보관함에 저장하고 잠시 생각에 잠겼다. 춘아
고모는 왜 멕시코에서 온 그를 삼촌이라 부르라고 했을까. 나는 멕시
코에서 무슨 이야기를 할 수 있을까. 새 문서 창에 막 머릿속에 떠오
른 제목을 적었다. 기억의 고고학—내 멕시코 삼촌.*

---

* 이 소설의 부제 '내 멕시코 삼촌'은 알랭 레네 감독 영화 〈내 미국 삼촌〉에서 착상한 것
이다. 그러나 미국으로 떠난 뒤 잊혔던 삼촌이 어느 날 부자가 되어 유산을 물려주기 위
해 돌아와 뜻밖의 횡재를 안겨준다는 뜻의 프랑스 속담 '내 미국 삼촌'과 이 소설의 내용
은 아무 관계가 없다.

저녁 식사가 끝난 뒤

순남씨는 궤에서 은촛대 두 개를 꺼내 식탁 양편에 올려놓다가 헉, 하고 숨이 막혔다. 외출 채비를 하던 남편 희복씨가 식당 안으로 얼굴을 쑥 들이밀며, "왜 그래요?" 하고 물었다. 숨막히는 소리가 들릴 리 없는데, 함께 오래 살고 볼 일이었다. 순남씨는 "글쎄, 그게 언제였던가 해서요"라며 상심한 얼굴로 은촛대를 바라보았다. 희복씨는 또 시작이라는 듯 어깨를 한 번 으쓱하고는 구불거리는 머리카락을 세심하게 귀 뒤로 쓸어넘기며 현관으로 향했다. 그러고는 괘종시계 앞에 잠시 서 있다가 뒤따라 나오는 순남씨를 돌아보며 "뭐가, 언제라는 거요?"라고 물었고, 순남씨는 대답 대신 "이 은촛대를 제가 언제 마지막으로 꺼냈었죠?"라고 되물었다. 하얀 습자지로 돌돌 말아 궤 깊숙이 넣어두었는데도 은촛대는 어쩔 수 없이 스며든 세월의 먼지를 막지 못하고 검버섯이 번진 얼굴처럼 거뭇거뭇한 형상이었다. 희복씨는 별것 아닌 것에 또 필요 이상으로 신경을 쓰고 있는 순남씨가 애처롭다는 듯이 고개를 저으며 복숭아뼈까지 올라오는 목이 긴 갈색 구두를 신발장에서 꺼내 신었다. 그러고는 현관 거울을 들여다보며 구불거리는 머리카락을 또다시 세심하게 귀 뒤로 넘겼다.

"일찍 돌아오리다."

오늘 저녁 여섯시 순남씨 부부는 먼 곳에 사는 지인들을 맞이하여 저녁식사를 할 참이었다. 초대객은 서울에서 두 명, 일산에서 두 명, 양평에서 한 명, 부산에서 한 명, 모두 여섯 명이었다. 아무리 겨울 해가 짧다고는 해도 저녁식사 시간치고 여섯시는 좀 이른 편이었다. 바다 색이 조금이라도 남아 있는 시간이라는 순남씨의 뜻에 따른 것이었다. 하루 여행 삼아 바람이나 한번 쐬러 오라는 남편의 말에, 초대를 받은 사람들은 평생 바다라고는 못 보고 산 것처럼, 오호 그럼 바다를 볼 수 있겠군요! 라며 선뜻 응했다.

열흘 전 순남씨 부부는 집 근처의 예술영화 상영관에서 존 휴스턴 감독의 〈죽은 자들〉을 보았다. 제임스 조이스의 소설을 각색한 것인데, 크리스마스 때마다 댄스파티를 열어온 늙은 자매의 집이 무대였다. 영화가 끝날 즈음 자매의 조카인 주인공 가브리엘이 호텔로 돌아와 죽은 사람들, 또는 곧 죽을 사람들에 대한 회상을 길게 했다. 직접적으로든 간접적으로든 인생길을 함께했던 사람들이 한 사람 한 사람 사라지는 슬픈 회상이었다. 순남씨는 그 장면에서 그만 목이 메고 말았다. P선생 생각이 났기 때문이었다. 남편도 같은 생각이었던지 P선생과 인연이 있는 지인들을 초대해 저녁식사 한번 하는 게 어떠냐고 제안했다. P선생의 부음 소식을 듣던 날 공교롭게도 순남씨 부부는 한국에 없었다. 십 년 전 약속했던 겨울 여행중이었다. 마침 남프랑스

루르마랭에 있는 카뮈의 묘에 다녀오던 길이었고, 순남씨 부부는 갑자기 날아든 비보에 망연자실해졌다. 그날 밤 순남씨는 천리 밖 루르마랭이라는 고원高原마을에서 늦도록 잠을 이루지 못하고 검은 허공만 바라봤다. 맑은 날 고원의 밤하늘은 별천지였다. 그런데 그날 순남씨의 눈에는 어떤 별도 들어오지 않았다. 그저 뿌연 안개밭일 뿐이었다. 새벽에 잠깐 잠이 들었다가 깨어 창문으로 비쳐드는 달빛을 좇아 창가로 가니 멀리에서 새벽별 하나가 깜박깜박 빛을 던지고 있었다. 순남씨는 풀어헤쳐진 옷깃을 여미고 고개를 숙였다.

*

손님들을 초대하는 날 순남씨가 제일 먼저 하는 일은 궤에서 은촛대를 꺼내는 일이었다. 그것은 일 년에 한두 번 있는 특별한 행사임을 의미했다. 은촛대는 강재가 고등학생 때 유럽으로 역사탐방을 다녀오는 길에 품고 온 것이었다. 열일곱 살 소년의 취향이라기보다는 어미의 그것에 맞춰진 선택이었는데, 두고 볼수록 마음에 드는 물건이었다. 하얀 습자지에 싸인 그것을 처음 펼쳐보았을 때 우윳빛이 배어나오는 색감과 부드러운 기둥의 감촉을 잊을 수 없었다. 어떤 사물한테는 특별한 사람에게처럼 정이 가는 일이 있었는데, 순남씨에게 은촛대가 그랬다. 그런데 어쩌다보니 근래에는 어두컴컴한 궤 속에 넣어둔 채 통 꺼낸 적이 없었다. 그 사실조차 까맣게 잊고 있었다. 회한에 두 눈썹 끝이 잔뜩 치켜올라간 표정으로 순남씨는 은촛대에 딸린 종 모양의 스너퍼를 슬며시 집어들었다. 그때가 언제였더라. 순남씨는 스너퍼로 촛불을 끄듯이 탕탕, 촛대를 쳤다. 요즘 부쩍 가까운 기억이 도마뱀의 잘린 꼬리처럼 감쪽같이 사라지는 것을 느꼈다. 대신 먼 기억은 손에 잡힐 듯이 생생하고 또렷했다. 순남씨가 아침 내내 기억해내려고 애쓰는 것은 처음 습자지에 싸인 은촛대를 열어보던 때가 아니라 마지막으로 식탁에 올려놓고 촛불을 붙이던 순간이었다. 생각날 듯하다가 종잡을 수 없이 사라져버리는 바람에 순남씨는 마른 애를 먹었다. 앞뒤 각설하고, 작년 10월의 저녁식사는 분명히 기억이 났다. 국제영화제 개막식 날이었다.

그날의 저녁식사 손님은 팔 인용 식탁에 맞춰 구성되었다. 키르기스스탄에서 온 저널리스트 잠비와 그 아버지, 몽골 울란바토르에서 온 가수 자야, 그리고 평생 영화제와는 담을 쌓고 살아온 남편의 직장 동료 셋, 모두 여섯 명이었다. 남편은 어시장에 가서 직접 대게를 골라서는 저녁식사가 시작되기 직전에 배달부처럼 벨을 눌렀다. 중앙아시아 내륙 출신들에게 특별한 인상을 심어줄 만한 그날의 메뉴로 순남씨는 갓 쪄온 대게와 차가운 캘리포니아산 백포도주를 생각했던 것이었다. 그날 순남씨의 기억에 특별한 인상을 남긴 사람은 두 사람, 잠비의 아버지와 자야였다.

잠비의 아버지는 작가였다. 잠비는 아버지의 이름을 천천히 발음하며 성심껏 소개했으나 키르기스어는 듣는 순간 잊어버릴 수밖에 없는 매우 이질적인 언어였다. 구소련 체제에서 혹독한 교육을 받았고, 엄격한 검열 속에 작가생활을 했다는 잠비의 아버지는 대게는 물론 다른 해산물에도 일절 손을 대지 않았다. 그것은 세계의 공용어이기 이전에 적대국이었던 미국의 국어인 영어를 단 한마디도 입 밖에 내지 않는 것과 같은 맥락으로 비쳤다. 먹지 않겠다고 입을 꾹 닫은 아이처럼 완강해 보이는 그에게 누구라도 선뜻 음식을 권하기가 난감한 노릇이었다. 보다못해 순남씨가 두부된장찌개를 서둘러 끓여 내오자 허기를 느꼈던지 그제야 그는 숟가락으로 연신 뜨거운 된장 국물을 떠입에 넣었다. 비쩍 마른 큰 체구에 웃는 법을 잊어버린 노병처럼 경직되어 있던 그는 된장찌개 맛을 본 이후로 화색이 돌고 활기를 찾았다. 그는 대화의 내용을 못 알아들을지언정 진지하게 귀를 기울이고 있다가 딸이 귀엣말로 통역을 해주면 한 박자 느리게 반응하며 우렁차게 웃는가 하면, 다소 우스꽝스럽고 과장된 손짓으로 흔쾌한 기분을 드러내려고 애썼다. 오직 키르기스어만을 고집하는 아버지와는 달리 잠비는 영어와 프랑스어를 유창하게 하고, 한국어도 서툴게나마 구사할 줄 아는 국제적인 감각을 지닌 전문직 여성이었다. 좌중에서 고립되지 않도록 아버지를 살피는 모습이 꼭 아들을 세상에 처음 내놓는 어미처럼 보였다. 잠비와는 그날 이후 한두 번 연락이 오가다 소식이 끊어졌다. 자유로운 영혼의 소유자인 만큼 이 나라에서 잠깐 저 나라에서 잠깐 바람처럼 옮겨다니며 살고 있을 것이었다. 순남씨는 잠비 생각에 잠겨 어느새 남편의 서재에 들어와 있었다. 벽 한켠을 장식하고 있는 세계전도 중앙에 노란 형광펜으로 키르기스스탄이 칠해져 있었다. 이 년 전 국제교류재단 회의에 갔다가 잠비를 만나고 온 날 밤 남편이 순남씨의 손을 끌고 가 확인시켜주면서 표시한 것이었다. 잠비가 축구단 스태프로 일할 때 가봤던 말레이시아 쿠알라룸푸르, 무용수였던 엄마를 따라가 살았던 프랑스 파리, 그리고 최근 증권회사 직원으로 근무했던 미 서부 샌프란시스코. 순식간에 자신의 다국적인 과거를 술술 풀어놓는 잠비의 화술에 넋이 빠졌던 그때처럼, 그녀의 광범위한 궤적을 짚어보고 서 있자니 그날 저녁의 만남이 신기루처럼 긴가민가했다.

세계전도 앞에서 잠비를 추억하고 서 있던 순남씨는 무슨 기특한 생각이라도 떠오른 듯 날렵한 발걸음으로 남편의 서재에서 나와 맞은편 방으로 들어갔다. 한때 강재의 공부방이었으나 지금은 책과 기념품, 시디 등속이 쌓여 있는 골방이었다. 순남씨는 한참을 책장 앞에서 서성거리다가 중앙아시아 관련서들 속에 끼워져 있던 시디 한 장을 찾아냈다. 자야의 선물이었다. 자야는 훌륭한 저녁식사 초대에 보답하는 뜻으로 순남씨를 위해 무엇인가를 하고 싶다고 말하고는, 자신이 잘하는 것 중에 연기와 노래가 있는데, 자리가 자리이니만큼 노래를 한 곡 부르겠다고 했다. 오디처럼 검고 초롱초롱한 큰 눈의 자야가 동그랗게 입술을 모았다가 늘이면서 몽골어로 소리를 뽑아내기 전까지 순남씨는 그토록 마음을 잡아끄는 영적인 소리가 자신의 집에서 울려퍼지리라고는 상상하지 못했다. 자야가 부르는 청아한 음성의 노래는 광활한 대초원의 영혼을 일깨우는 신비로운 초혼가였다. 모두들 숙연한 가운데 자야의 노래가 끝나자 순남씨의 눈에서 투명한 눈물이 한줄기 흘러내렸다. 자리에서 일어서서 순남씨의 눈만을 내려다보며 부르는 자야의 음성과 눈빛이 마치 샤먼의 그것처럼 그동안 잊어버린, 아니 오래전에 잃어버린 소중한 한 생명의 넋을 어루만져주는 것 같았다. 자야에게 집중된 시선들은 순남씨의 눈물을 보지 못했으나 자야만은 그 의미를 꿰뚫어보고 있는 듯했다. 저녁식사가 끝나고 작별의 포옹을 하던 자야는 가방 속에서 누군가에게 주려고 포장해놓

왔던 시디를 꺼내어 순남씨의 품에 안겨주었다. 자야에게서는 초원의
건초 향기가 났다.

*

아~ 히~ 여~ 운터치 토호르쏘~ 혼. 자야가 그날 순남씨 품에
찔러주고 간 것은 몽고의 요람집이었다. 우르나 차하르툭치라는 여
성 가수의 '생명'이라는 앨범이었다. 몽고인 특유의 검은 생머리에
광대뼈가 툭 불거진 야생의 여성 얼굴이 시디의 표지 전면을 장식하
고 있었다. 그녀가 우르나였다. 잠비의 말로는 몽고의 혼을 전 세계
에 알린 디바라고 했는데, 순남씨는 처음 들어보는 이름이었다. 그
날 자야로부터 건네받고 한 번도 틀어보지 않은 것은 바라보는 사람
을 꿰뚫어보는 듯한 그녀의 눈빛이 부담스러웠기 때문이었다. 그런
생각이 이제야 들었다. 순남씨에게 그녀는 가수라기보다는 샤먼으
로 다가왔던 것이다. 우랄알타이어로 읊조리는 내용은 한마디도 알
아들을 수 없었으나 순남씨는 한 음절 한 음절 경청하며 따라 발음해
보려고 했다. 아~ 히~ 여~ 운터치 토호르쏘~ 혼. 광활한 몽고의
대초원을 상상하고 있는데, 현관 입구에 서 있는 괘종시계가 종을 치
기 시작했다. 종은 일정한 간격과 강세로 열한 번 울리고는 잠잠해졌
다. 일곱 시간 후면 초대객들이 현관벨을 누르기 시작할 것이었다. 그
전에 곧 효주 학생이 도착할 것이었다. 어제 오후 통화하던 중에 효
주 학생은, 촛대 닦기는 제 몫인 거 아시죠? 라고 똑 부러지게 확인하
듯 말했다. 요즘 아이들과 달리 효주 학생은 순남씨의 은근히 까다로

운 취향을 헤아리고 자연스럽게 맞출 줄 알았다. 이제 겨우 스물셋밖에 안 된 아이가 어떻게 입속의 혀처럼 척척 맞출까 신기하기까지 했다. 효주 학생 말고도 몇몇 청년들이 순남씨의 집에 드나들었다. 몇 년 전 D대학에 출강하면서 만난 문청들이었다. 이들 가운데 특히 편부 슬하에서 자라 자의식이 강하고 대인기피증이 있어 주변 사람들과 잘 섞이지 못하는 효주 학생에게는 딸에게나 느낄 법한 애틋한 감정이 쏠리곤 했다. 그때 그 아이가 살았더라면, 아마 효주 학생 나이겠지. 식당 벽을 장식하고 있는 크고 작은 사진 액자들 중 하나에 순남씨의 흔들리는 시선이 닿았다. 사진 속 젊은 순남씨는 야외에서 갓난 강재를 안고 있었다. 햇살을 정면으로 받고 있어서인지 살짝 찌푸린 미간에 시선은 오른쪽 아래를 향하고 있었다. 여자아기처럼 흰 레이스 모자를 쓴 강재는 호기심 가득한 눈으로 정면을 바라보고 있었다. 그때는 어미 팔뚝보다 작았는데 어느덧 키가 제 아비보다 머리 하나는 더 크게 자라서 순남씨는 제 배로 낳았으면서도 아들이 낯설어 보일 때가 많았다. 고등학생이 되자, 매일매일 아들이 자신을 떠나가는 생각을 하지 않은 날이 없었다. 그 여자아기의 이름은…… 강희였다. 순남씨는 애써 그 이름을 머릿속에서 지워버리려 했다. 오 개월 무렵, 세 살 때, 열 살 때, 열일곱 살 때, 그리고 스무 살 때 아들의 모습이 담긴 사진들을 하나하나 훑어보았다. 강재는 희복씨가 유학으로 결혼이 늦은데다가 오 년을 애타게 기다린 끝에 얻은 귀한 자식이었다. 처음 의사로부터 이란성쌍생아라는 소식을 들었을 때 순남씨는 교인도 아니면서 하느님께 감사했다. 그런데 태어난 지 한 달 만에 여아가 폐렴으로 어이없이 숨을 거두었고, 순남씨는 혹여 남은 아이마저도 잃을까봐 애면글면 과도하게 쏠리는 마음을 돌리려고 애를 썼다. 순간 순간 맹렬하게 번지려는 허탈감과 우울증을 안으로 처연히 다스리며 그럭저럭 순조롭게 살아온 듯했는데, 강재가 성장해 품을 떠나자, 더는 어쩔 수 없이 오랜 지병이 도지듯 순남씨의 마음이 산란해졌고, 부쩍 가슴이 답답해지곤 했다.

＊

어린 아들이 피아노 레슨을 받는지, 위층에서 며칠째 같은 곡이 같은 시간에 반복해서 들렸다. 순남씨가 잘 아는 〈엔터테이너〉라는 곡이었다. 피아노를 배우던 일곱 살 무렵 강재도 같은 곡을 반복해서 연주했었다. 순남씨는 피아노를 식당과 거실 사이에 놓아 강재의 피아노 소리를 들으며 저녁밥을 짓곤 했다. 마흔이 될 때까지 밤이면 원고 마감에 시달리며 뒤늦게 대학원 학위과정을 밟느라 새벽 두시경에야 잠드는 고된 생활이었지만, 순남씨는 아들이 여물어가는 손가락으로 아름다운 소리를 내는 그 순간 행복을 느꼈다. 동시에 그 행복의 순간은 그리 오래가지 않으리라는 사실을 엄정하게 되새기곤 했다. 글이란 바늘 끝처럼 예민한 신경 끝에서 몇 줄 몇 장 쓰여지는 고역이었지만, 순남씨는 가족에게 내색하고 싶지 않았다. 매사에 낙천적이고 사람 좋아하는 남편은 제자든 친구든, 심지어 은사까지 집으로 모시고 와서 마감에 쫓기는 순남씨를 곤란에 빠뜨리곤 했다. 여름 바캉스 철이나 가을 국제영화제 시즌에는 각지에서 일가와 지인들이 찾아오곤 했는데, 그때마다 순남씨는 팔 인용 식탁 위에 은촛대를 꺼내어 저녁 파티를 열었다. 서툰 실력으로 〈엔터테이너〉나 〈브람스의 자장가〉를 치던 강재는 제법 능숙하게 쇼팽이나 슈만의 곡을 연주했고, 초대객들은 인내력을 가지고 경청했다. 꿈같은 시절이었다. 강재만 크면 어디로든 떠나 글에만 전념하리라 벼르곤 했는데, 그것으로 끝나버렸다. 어쩌다가 낯선 사람들이 모인 저녁식사 자리에서 남편이 이 사람은 소설가예요, 라고 소개할라치면, 순남씨는 얼른 '전직 소설가'라고 남편의 말을 정정하곤 했다. 그러면 저녁식사에 빠지는 법이 없는 남편의 동료 임홍찬 교수는 "전직 교수는 들어봤어도 전직 소설가는 처음 들어봅니다!"라고 껄껄 웃으면서 "한번 작가는 영원한 작가 아닙니까?"라고 치켜세우듯 덧붙였지만, 그럴수록 순남씨는 민망해서 낯을 못 들 지경이었다. 임교수는 순진한 건지 얄궂은 건지 "아니, 왜 계속 쓰지 그러세요!"라고 생각해주듯 한마디 더 얹을 때도 있었는데, 그럴 때면 순남씨는 식탁에서 빈 접시를 찾아 들고 보여서는 안 되는 줄 알면서도 등을 지고 돌아섰다. 왜 쓰지 않게 된 걸까. 세기가 바뀌자 쓰는 이든 읽는 이든 모두 속도에 악착같이 매달렸다. 속도는 자극할 뿐 뒤돌아보지 않았다. 속도의 먹이사슬에 갇혀버린 살벌한 현장이 눈에 들어오자 순남씨는 그곳으로부터 한발 물러서 있는 자신을 깨달았다. 어떤 이유에서든, 그것은 전적으로 순남씨의 문제였다. 독자라면 몰라도, 독자가 아닌 사람에게 미안해하거나 변명할 이유가 없었지만, 순남씨는 슬그머니 물러난 사람처럼 숨어사는 꼴이 되었다. 회상만으로도 자책감이 엄습해 숨쉬기가 벅찼다. 임교수는 몇 년 전부터 알 수 없는 지병으로 걸핏하면 병원을 찾더니 일찍 퇴직해서 뉴질랜드로 떠났고, 하루 중 서너 시간을 풀밭 위를 걸으며 보냈다. 남편은 교수 임용 동기에다가 국제교류재단 창립 멤버라는 이유로, 서로 식습관이 맞지 않는데도 불구하고 임교수와 각별한 관계를 이십 년 가까이 유지해왔다. 뉴질랜드로 떠나는 그와 헤어져 돌아오는 길에 남편은 오랜 미국 유학생활에서 햄버거 같은 패스트푸드에 중독이 되어 살아온 결과라고 혀를 찼다. 그리고 몇 년째 일 년에 두세 차례 오가는 국제 통화에서 서로 한 번 간다, 온다 안부인사만 건넬 뿐이었다.

위층에서 피아노 소리가 멎자 순남씨가 피아노 덮개를 열었다. 두 손을 건반 위에 올린 뒤 왼손 새끼손가락은 '라' 음을, 오른손 검지손가락은 '미' 음을 동시에 눌렀다. 그리고 잠시 음미하듯 눈을 감고 울리는 소리를 들으며 그대로 앉아 있었다. 순남씨는 처음 피아노를 만져본 열여섯 살 이후로 브람스의 〈헝가리 춤곡〉을 좋아했다. 피아노 선생은 악보에 적힌 대로 '빠르고 정열적으로' 치라고 주문했으나, 순남씨는 '느리고 부드럽게' 치곤 했다. 서너 번 교정해줘도 다시 '느리고 부드럽게'로 되돌아오자 순남씨와 곡이 맞지 않는다며 드보르자크의 〈슬라브 춤곡〉으로 넘어갔다. 순남씨는 옛날 선생이 가르치던 대로 〈헝가리 춤곡〉을 빠르고 정열적으로 치려고 해보았다. 중간쯤 '더욱 빠르게, 음을 또렷하게' 치라는 부분에서 손가락에 너무 힘을 준 탓에 그만 엇박자가 되고 말았다. 순남씨가 손을 멈추자 세상이 정지한 듯 갑자기 적막해졌다. 위층에서 누군가 순남씨의 〈헝가리 춤곡〉을 듣고 있을 거란 생각이 들자 늙은 희극배우의 때늦은 등장처럼 멋쩍어져서 건반에서 손을 뗐다. 피아노 덮개를 덮고 일어나려고 하다가, 순남씨는 다시 앉아서는 역시 '라' 음과 '미' 음으로 시작되는 〈태양은 가득히〉의 도입부를 숨죽이고 작게 쳐봤다. 놀랍게도 끝까지, 음 하나하나가 순조롭게 되살아났다. 지중해의 뜨거운 햇살 아래 시퍼렇게 물결치던 바다, 그 위에 과도하게 넘치던 욕망과 허무한 젊음. 순남씨는 청춘의 모험에는 파괴적인 충동과 달콤한 자기기만이 뒤따른다는 것을 이 노래를 들으며 되새기곤 했다. 이 영화 때문에 이탈리아의 하늘을, 그리고 그 아래 항구 몽지벨로를 열렬히 꿈꾼 적이 있었다. 한갓 영화 때문에 딴 세상을 꿈꾸다니, 그러나 그럴 나이였다.

*

순남씨가 이탈리아 땅을 밟은 것은 청춘기를 훌쩍 넘긴 서른여덟 살 때였다. 몽지벨로가 상상 속의 섬이라는 것을 그때 알았다. 남편의 니스 출장길에 동반했다가 따로 시간을 내어 망통을 거쳐 이탈리아 국경을 넘어갔다. 순남씨가 도착한 첫 이탈리아 땅은 영화의 무대였던 나폴리나 로마가 아닌 산레모였다. 그녀가 어렸을 적 국제음악제로 유명했던 산레모는 인근 도시들이 야자수를 가로수로 심은 것과는 달리 소나무가 많았다. 알 포르테라는 요새 앞 식당에서 이른 저녁을 먹고 돌아오는 길에 남편은 몽지벨로든 나폴리든 십 년 안에 이탈리아 일주 여행을 하자고 약속했다. 지난겨울 여행은 그때의 약속을 이행한 것이었다. 순남씨 부부는 이탈리아가 아닌 남프랑스의 프로방스를 선택했다. 몽지벨로가 실재하지 않는다는 사실을 알게 된 뒤 순남씨는 이탈리아 여행에 큰 의미를 두지 않았다. 미지의 섬으로 상상 속에 간직하고 있는 것이 오히려 더 좋았다.

순남씨 부부가 프로방스 지역의 뤼베롱 산악 지대에 있는 루르마랭이라는 마을을 찾아간 것은 순전히 우연이었다. 지난해 말 남편은 아침 식탁에 신문기사 하나를 올려놓았는데, 거기에는 루르마랭에 있는 카뮈의 묘지 사진이 실려 있었다. 사십칠 세의 나이에 교통사고로 사망한 지 오십 년이 되었다는 것과 그것을 계기로 전 세계에서 학술대회나 강연회가 열리고 있다는 내용이었다. 부부간에는 한 달에 한두 번 머릿속 생각과 가슴속 마음이 일치하는 순간이 있는데, 그날 아침의 카뮈와 루르마랭이 그랬다. 남편은 그동안 프랑스를 셀 수 없이 드나들면서도 어떻게 카뮈의 묘를 찾아볼 생각을 못했을까 의아해하면서도 우연찮게 실수가 횡재로 둔갑하는 경우를 목도한 듯 달가운 표정을 지었다. 그러고는 혼잣말하듯, 하긴 파리에는 찾아볼 죽은 사람이 너무 많기는 해. 내 조상도 그렇게 찾아 인사드리지 못하고 사는 마당에 말이야, 라고 중얼거렸다. 순남씨는 루르마랭을 찾아가던 지난겨울의 어느 정오 무렵을 떠올리면서 하늘로 붕 떠오르듯이 기분이 고조되었다. 카뮈 묘지 옆에 묵묵히 서 있던 몇 그루의 사이프러스나무를 보면서, 이다음 나 죽거들랑 내 무덤 옆에 사이프러스나무 한 그루 심어줘, 라고 강재에게 유언을 할 생각까지 했었다. 그러다가 이내 마음을 돌려 화장 분처럼 곱게 빻아서 이른 새벽 바다 위에 뿌려주면 고맙겠다고 생각했다. 이런 생각 저런 생각 끝에는 도리 없이 죽음이 기다리고 있었다. 그때 현관벨이 울리지 않았더라면 순남씨의 생각이 어디까지 나아갈지 알 수 없었다.

"장어에는 방아가 빠지면 안 된다고 하셨죠?"

현관문을 열어주자 효주 학생은 마치 꽃다발을 내밀듯 싱싱한 방아를 한아름 순남씨에게 안겨주었다. 오늘의 저녁식사로 순남씨는 백포도주와 방앗잎으로 맛을 낸 바닷장어요리를 준비중이었다.

"오랜만이라 잘될지 모르겠네."

진심이었다. 은촛대를 마지막으로 꺼내놓았던 때가 언제였던지 아직도 기억을 살려내지 못한 것을 생각하니 감각과 순발력이 필요한 장어요리를 망치면 어쩌나 걱정스러운 마음이 들기도 했다. 순남씨가 남쪽의 B시로 내려와 알게 된 식용 향초가 방아였다. 일산 신도시에 살 때는 평소 민물장어를 좋아해서 임진강변에 있는 미루나무집에 자주 가곤 했다. 양념에 잰 장어를 숯불에 구워 생강채를 얹어 먹는 것이 일품이었다. 그런데 남쪽 기후 탓인지 이곳 바닷가에서는 흰 살을 그대로 석쇠에 구워 노릇노릇해진 장어를 초고추장에 찍어 방아와 풋고추 등과 함께 상추로 싸먹었다. 방아는 순남씨가 해 뜰 무렵 산책을 나가는 해안가 주변에 푸르게 자랐다. 처음 순남씨는 양지바른 언덕뿐만이 아니라 포구의 기찻길에도, 골목에도, 심지어 보도블록 틈새까지 지천에 자라고 있는 키 작은 풀이 방아인 줄 몰랐다. 어느 날 보라색 꽃이 피어 해풍에 흔들리는 모습을 보고 한 송이 꺾었다가 방아 특유의 향을 맡았다.

"아, 우르나를 듣고 계셨네요?"

은촛대를 닦기 위해 식탁 앞에 앉으면서 효주 학생이 반색을 하며 물었다. 이 아이가 우르나를 알고 있다면, 잠비의 말대로 꽤 유명한 가수인 셈이었다. 순남씨는 쟁반에 방아를 소복이 담아 효주 학생 맞은편에 앉으며 고개를 끄덕였다.

"그런데 지금 듣고 있는 게 시디 맞아요? 아, 맞네요!"

효주 학생은 토끼처럼 두 귀를 쫑긋 세운 모습으로 음질을 가늠해보더니 은촛대보다는 우르나에 정신이 팔려 평소와는 달리 말이 많았다. 한국에서 발매가 되지 않았는데 어떻게 구했냐는 둥, 저 앨범에 수록되어 있는 곡 중에 〈아홉 개의 해안에〉와 〈나의 적토마〉를 즐겨 듣는다는 둥, 음원을 다운로드받기도 어려워서 친구를 통해 겨우 저장해놓고 듣고 있다는 둥, 우르나의 목소리를 듣고 있으면 왠지 자신을 부르는 소리 같아서 머지않아 몽골에 가야 할 것 같다는 둥, 울란바토르에서 일 년쯤 살아보면 어떨 것 같냐는 둥 쉴새없이 지껄였다. 순남씨로서는 한 번도 보지 못한 모습이어서 낯설었지만, 마치 친구에게처럼, 아니 엄마에게처럼 식탁 앞에 마주앉아 재잘대는 것이 싫지 않았다. 오히려 평소 자아에 짓눌려 있는 듯한 폐쇄적인 인상이 안타깝게 여겨졌는데, 오늘은 그런 기색을 전혀 찾아볼 수 없었다. 그러고 보니, 우르나의 얼굴 어딘가와 이 아이가 닮은 것도 같았다. 툭 튀어나온 광대뼈는 아니었고, 고집스럽게 보이는 검고 굵은 생머리도 아니었고, 유목민의 딸이 거느린 거뭇하게 빛나는 피부도 아니었다.

"선생님은 적토마를 본 적이 있으세요?"

무얼까, 우르나와 효주 학생을 겹쳐 보이게 하는 그 무엇이. 질문에 아랑곳하지 않고 생각에 몰두하고 있는데 이 아이는 자기가 질문해놓고 자기가 대답하며 쑥스러운 듯 순남씨의 눈을 쳐다봤다. 자야가 시디를 건네준 그날 이후 순남씨가 선뜻 틀어보지 않고 책 속에 끼워두게 만들었던 어떤 것. 우르나의 별빛 모양의 검은 눈동자가 지금 자신을 향하고 있었다.

"적토마를 본 것 같기도 하고, 못 본 것 같기도 하고. 붉은빛이 감도는 말 아닌가?"

순남씨는 한잎 한잎 따낸 방앗잎을 볼에 옮겨 담으며 효주 학생에게 알 듯 말 듯한 미소를 지었다. 오늘 저녁식사로 장어요리를 선택하길 잘했다는 생각이 들었다. 깊고 푸릇한 방아의 향도 좋고, 밝은 낮빛의 효주 학생도 좋고, 다행이었다.

*

다섯시 오십분부터 첫 벨이 울려서는 이삼십 분 간격으로 초대객들이 현관으로 들어섰다. 예상했던 대로 제일 먼 데 사는 송철화 부부가 약속시간 십 분 전에 도착했고, 이강자 여사는 무려 한 시간 후에 벨을 눌렀다. 언제나 정시에 나타나던 오미라 부부는 KTX 탈선 사고 여파로 사십 분 늦게 당도했다. 새로운 손님이 들어올 때마다 거실 소파에 둘러앉아 담소를 나누고 있던 손님들은 순남씨 부부를 따라 현관으로 마중을 갔고, 그러자니 맨 마지막에 이강자 여사가 도착했을 때는 마치 옛날에 포크댄스를 출 때처럼 양편으로 두 사람씩 늘어서 있는 형국이었다. 그들은 서로 안부를 주고받고 식탁으로 가기 전에 약속이라도 한 듯 모두 현관 옆에 서 있는 괘종시계 앞에서 한마디씩 했다. 첫번째는 이 미터에 육박하는 그 높이에 놀랐고, 두번째는 부엉이 두상에 박혀 있는 세 개의 시계에 감탄했다. 누군가 프랑크푸르트에서 본 괴테의 천문시계와 비슷하다고 하자 각자 자신들이 알고 있는 괘종시계에 대해 이야기를 꺼냈다.

"시계를 보고 그렇게 감동을 받은 적이 처음이라니까요! 괴테의 집에 다녀온 뒤부터 이이의 생활 태도가 달라졌지 뭐예요, 그게 일 년이 채 못 가서 아쉽기는 하지만요!"

괘종시계 앞에서 남편을 치켜세우는 듯하다가 쑥스러운 듯 이내 원망으로 돌아선 송철화씨의 말을 모두 공감한다는 듯 맞장구를 쳤다. 송철화 부부를 비롯해 오늘의 초대객들은 P선생 주선으로 만났거나, 선생의 주례로 부부의 연을 맺은 사람들이었다. 송철화 한기봉 부부는 P선생의 주례로 진행된 순남씨의 결혼식에 참석했다가 이듬해 P선생께 주례를 부탁했고, 오미라와 윤종철 부부는 송철화 부부의 결혼식에 참석했다가 P선생을 모시게 된 경우였다. 하영재와 권혜진 부부는 유일하게 순남씨 부부와는 직접적인 연고가 없었다. 두 사람은 P선생을 증인으로 결혼 서약을 한 뒤 결혼식을 생략하고 아일랜드로 여행을 떠나 주위의 부러움을 샀다. 작곡가 대신 뮤직 디자이너라는 독특한 직함을 사용하던 하영재씨는 영화음악 녹음차 독일에 갔다가 교통사고로 마흔둘이라는 이른 나이에 저세상으로 떠났다. 마지막으로 남편의 이종사촌인 이강자 여사는 마흔이 다 되어 P선생의 주례로 어렵게 결혼을 했으나 십 년 만에 이혼을 했다. P선생은 주례를 선 제자들이건 제자 친구들이건 일 년에 한 번 집으로 초대해서 손수 음식을 만들어 저녁식사를 베풀었다. 모두들 좋았을 때는 선생 댁 밖에서도 일 년에 두 번 모임을 가졌다. 문제의 시작은 이강자 여사 부부였는데, P선생의 중재에도 불구하고 이혼장에 도장을 찍은 것이었다. 이강자 여사는 친정이 있는 부산으로 내려오고, 그 남편 박재석씨가 사업차 러시아로 떠나버리자 모임은 고장난 시계처럼 잘 돌아가지 않았다. 둘씩 셋씩 P선생을 찾아뵙다가, P선생이 관절 치료차 미국의 따님네로 떠나자 해체 지경에 이르렀다.

"요즘 가진 게 너무 많다 싶어서 버리는 연습중인데, 모두 쓸데없는 것들뿐이더라고요. 두 분은 이런 명물을 간직하고 있다니, 부럽습니다."

건강이 나빠져서 다니던 외국계 은행을 그만두고 양평으로 이사가 남편의 유업을 관리하며 살고 있는 권혜진씨의 말이기에 모두들 숙연해졌다. 몇 년 동안 만남이 뜸했던 사람들이 한데 모여 관심을 보이고 있는 괘종시계는, 말하자면 순남씨의 남편 곽희복씨에게는 분신과도 같은 것이었다. 그것은 침실로 통하는 복도 벽에 놓여 있는 순남씨의 궤와 마주보고 있는데, 그 둘은 희복씨의 조부로부터 대물림된 가보였다. 희복씨는 강재가 세 살이 되자 시계 앞에 세워놓고 이 시계야말로 곽씨 가문을 지켜온 수호물이라고 가르쳤다. 자신이 시간 개념을 알게 된 세 살 무렵부터 그것은 단 한 번도 틀린 적이 없는, 세계에서도 드문 명품이라고 강조했다. 방학 때 학생들을 인솔해 외국 대학으로 장기 출장이라도 다녀올라치면 강재 다음으로 마누라를 제치고 안부를 묻는 것도 이 괘종시계였다.

강재가 서울로 올라간 뒤 희복씨가 분신처럼 아끼는 것이 하나 더 늘었는데, 바로 오늘 저녁 지인들 앞에서 연주할 프랑스산 셀마 색소폰이었다. 사실 희복씨는 음치에다가 음감이 젬병이었다. 그런 그가

고도의 음감과 테크닉이 요구되는 색소폰을 연주하겠다고 날이면 날마다 순남씨의 귀에 불어댔다. 아파트 단지에서 항의가 들어오고, 순남씨가 청각 이상을 호소해도 희복씨는 그칠 줄을 몰랐다. 한 육 개월 불다 그만두겠지, 순남씨가 참기로 하고 버텼는데, 선택과 집중을 가치관이자 인생관으로 삼고 있는 희복씨는 그날 이후 삼 년이 넘도록 색소폰을 놓지 않았다. 이제는 순남씨도 지인들과 통화를 하다가 색소폰 이야기가 나오면, 살짝 비난하다가도 이내 두둔과 자랑으로 돌아서는 자신의 말투를 깨닫고는 싱겁게 웃곤 했다. 그도 그럴 것이 고양이에게 생선을 맡기듯 색소폰을 안겨준 장본인이 바로 순남씨 자신이었기 때문이었다.

사연인즉슨 이러했다. 강재가 대학 입시를 마친 삼 년 전 겨울. 순남씨는 카드회사의 명세서에 끼워져 온 팸플릿 하나를 유심히 들여다본 뒤, 강재의 책상 위에 올려놓았다. 소장 연주자들이 음악 애호가들을 위해 방문 레슨과 함께 원하는 악기를 대여해준다는 내용이었다. 강재는 마침 재즈 피아노를 혼자 연습중이었기에, 졸업과 입학 사이에서 어영부영 시간을 보내느니 그동안 하고 싶었으나 입시 때문에 포기했던 한두 가지에 집중해보는 것이 어떠냐는 순남씨의 뜻이 팸플릿에는 담겨 있었다. 마침 그것은 저녁식사 시간의 대화거리가 되었고, 순남씨의 의도와는 달리 강재보다는 남편이 열의를 보였다. 색소폰도 대여가 되나? 순남씨는 그동안 함께 산 사람에 대해 안다고 말할 수 있는 것은 몇 가지 안 된다는 것을 그날 깨달았다. 남편이 언제부터 색소폰을 좋아했는지, 그것도 죽기 전에 꼭 배워서 무대에 번듯하게 서보는 꿈을 꾸었다는 것을 전혀 알지 못한 채 살을 맞대고 몇십 년을 살아온 것이었다.

*

순남씨의 생각으로 바다 색이 조금이라도 남아 있는 여섯시로 잡았던 저녁식사는, 초대객들의 피치 못할 사정들로 결국 처음 남편이 계획했던 일곱시에 시작되었다. 저녁식사가 무르익을 무렵 송철화씨의 남편 한기봉씨가 자리에서 일어나 목청을 가다듬더니 〈메기의 추억〉을 부르기 시작했다. 기봉씨는 남편의 대학 동창으로 순남씨 부부가 중매한 것이나 마찬가지였다. 기봉씨의 음역은 높고 음색은 매끄러웠다. 순남씨는 지금 이 순간과 똑같은 장면이 언젠가 한 번, 아니 두 번, 그러니까 그녀가 살아오면서 여러 번 일어났다는 착각을, 아니 생각을 점점 확고하게 하면서 노래하는 기봉씨를 올려다보았다. 대학 동창들을 만나고 온 날 밤이면 남편은 교수야말로 자신이 아니라 한기봉 그 친구가 되었어야 한다고 늘 말하곤 했다. 그래서 그런지 기봉씨는 동남아시아 각국을 상대로 무역업에 종사해왔지만 어딘지 학구파의 분위기를 거느리고 있었다. 정확한 음정과 박자로 〈메기의 추억〉을 부르는 모습이 그것을 대변해주었다. 기봉씨의 노래가 끝나자 권혜진씨가 남편 하영재씨가 곡을 붙였던 옛 시가詩歌 한 편을 낭송했다.

어리고 성긴 가지 너를 믿지 아녔더니
눈 기약 능히 지켜 두세 송이 피여세라

촉 잡고 가까이 사랑할 제 제 암향조차 부동터라

바람이 눈을 몰고 와서 산가의 창문에 부딪히니,
찬 기운이 방으로 새어들어와 잠자고 있는 매화를 괴롭히네
하지만 아무리 추운 날씨가 매화가지처럼 얼게 하려 한들
새봄이 찾아옴을 알리겠다는 의지를 빼앗지는 못하리

노래는 시와 대중가요, 아리아를 절묘하게 넘나드는 듯했고, 권혜진씨의 목소리는 끊어질 듯 잦아지다가도 어느덧 힘차게 살아나 청아한 음색을 뿜어내었다. 노래가 끝날 즈음 순남씨는 시간 맞춰 오븐에 대기해놓은 오늘의 요리를 식탁으로 날랐다. 요리를 식탁 가운데에 놓고 한 접시 한 접시 담아주며, 기왕이면 섬세한 음미를 위해, 바닷장어의 특성과 곁들인 와인의 종류, 그리고 방아의 향에 대해 간단하게 일러주었다. 얼큰하거나 짭짤한 맛이 아니어서 비위에 맞지 않는 사람을 위해 된장을 가미한 장어탕도 준비되어 있음을 덧붙였다. 그때 남편이 기다렸다는 듯이 건배를 제의했고, 식탁 한가운데로 여덟 개의 잔이 모아졌다. 건배가 끝나자마자 목이 타던 차에 순남씨는 와인을 한 모금 냉큼 마셨다. 누군가 피아노 옆에 준비되어 있는 색소폰에 대해 물었고, 이강자 여사가 이제는 색소포니스트 곽으로 불러달라며 남편을 소개했다. 음치에 절대음감 부족인 남편은 피나는 노력에도 불구하고 한두 곳에서 꼭 실수를 해서 순남씨를 조마조마하게 했다. 남편의 연주가 시작되자 순남씨는 후식을 준비할 겸 슬그머니 자리에서 일어났다.

*

    저녁식사가 끝난 뒤, 모두 돌아가고 순남씨는 잠자리를 준비하다가 잠옷을 입고 있는 남편을 돌아보며 말했다.

    "참 신기한 일이지 뭐예요?"

    잠옷 단추를 채우며 남편은 무슨 질문을 할지 예상이라도 한 표정으로 떠보듯이 "그래 이번에는 또 뭐가 그렇게 신기하다는 거요?" 하고 되물었다.

    "아무도 P선생 이야기를 입 밖에 내지 않았잖아요."

    순남씨는 토라진 소녀처럼 이불깃을 반듯이 펼치며 입을 비죽이 내밀었다.

    "그러는 당신은 왜 아무 말도 하지 않았소?"

    남편은 이번에도 순남씨의 생각을 짐작하고 있다는 듯한 표정으로 넌지시 되물었다.

    "저는 P선생이 좋아하시는 장어요리를 했죠. 그리고 기다리다 놓친 거죠, 끝내."

    그러자 남편이 다가와 새삼 순남씨의 손을 잡으며 말했다.

    "모두 당신처럼 기다리다 놓친 거라고 생각하지 않소? 그리고 기다리다 놓치기도 하는 거요. 그게 무엇이든…… 난 그게 더 나을 때도 있다고 생각해요."

    순남씨 자신은 진지한데 남편의 말이 말장난처럼 들려서 대꾸를 하지 않고 등을 돌리고 누웠다. 순남씨가 의아하게 생각한 것처럼, 또 그것이 더 좋은 시간이었다고 남편이 여기는 것처럼, 저녁식사 내내 그들은 약속이라도 한 듯 P선생에 대한 추억은 입 밖에 내지 않았다. 불을 끄고 잠자리에 누워 저녁식사 풍경을 생각하니, 한기봉씨가 부른 〈메기의 추억〉은 P선생의 애창곡이었고, 남편이 색소폰으로 연주한 〈맨 처음 고백〉은 송창식의 팬이었던 P선생을 모시고 미사리까지 가서 들었던 노래였고, 오미라씨가 가져온 들깨강정은 P선생이 늘 가까이 두고 드시던 간식거리였고, 권혜진씨가 부른 안민영의 조선시대 시가 「영매가詠梅歌」는 P선생이 결혼을 앞둔 그들에게 직접 붓으로 써서 주셨던 작품이었고, 이강자 여사가 가져온 박하차는 선생이 정원에 심었다가 손님이 오면 잎을 따서 우려내 주시던 차였고, 무엇보다도 순남씨의 바닷장어요리는 평생 손수 음식을 만들어 드셨던 P선생이 처음 맛보는 것이라고 좋아하셨던 음식이었다.

남편은 자신의 색소폰 연주가 흡족했던지 이내 잠이 들었다. 초대장 대신 메일을 띄우며 남편은 추신으로 '옛날 얘기도 좋지만 P선생을 기억하는 정표 하나씩 준비하는 것으로 우리의 P선생을 추도하는 건 어떨지요'라고 써넣었었다. 그러니까 순남씨를 제외한 그들만의 전통傳通이 있었던 것이었다. 아무것도 모르는 순남씨는 오래도록 어둠 속에 깨어 있었다. 지난겨울 루르마랭에서 보았던 새벽별의 영상이 떠올라 쉬이 떠나보내고 싶지 않았다.

그는 내일이라고 말하지 않았다

이층에서는 아무 소리도 들리지 않았다. 그러고 보니 어젯밤 이후 내내 잠잠했다. 토마스는 죽었을지도 몰랐다. 하루도 그 생각을 하지 않고 흘려보내는 날이 없었다. 무일은 핸드폰 폴더를 열어 시간을 확인했다. 오전 일곱시 오십분. 곧 마리가 도착할 것이었다. 무일은 이층으로 올라가는 계단으로 눈길을 던졌다. 계단 중간에 나 있는 유리창으로 아침햇살이 비쳐들고 있었다. 토마스는 정말 한 시간 전에 죽었을지도 몰랐다. 아니 방금 전에 숨을 거두었을지도 몰랐다. 그렇다 해도 그것은 그리 놀랄 일은 아니었다. 토마스의 죽음이야말로 닥쳐올 일 중 가장 자연스러운 것이고, 그러면 무일은 어마어마하게 육중한 스트로브잣나무 가지가 지붕을 뒤덮고 있는 이 퀴퀴하고 컴컴한 집을 떠나면 되었다.

무일은 격자형 창문틀에 걸려서 낫의 형상으로 꺾여들어오는 계단 위의 빛줄기에 시선을 던졌다. 지난밤 바람이 몹시 요란했고, 빗줄기가 거셌었다. 쇠락할 대로 쇠락한 스트로브잣나무의 가지가 밤새 포효하듯 창문에 달라붙어서는 마구 흔들렸었다. 그러거나 말거나 무일은 창문 쪽으로는 눈길도 주지 않은 채 꼼짝 않고 보조책상에 놓여 있는 구식 타자기로 공주님께 편지를 썼었다.

공주님, 오늘도 토마스는 마리의 보호 아래 하루를 보냈습니다. 마리는 아침 여덟시에 벨을 눌렀고, 오후 여섯시 반에 이층 계단에서 내려왔습니다. 정오에는 스메타나의 〈나의 조국〉이 울려퍼졌고, 오후 네시 반에는 브러더스 포의 〈트라이 투 리멤버〉가 흘러나왔습니다. 다섯시 반에는 마리가 만드는 토마토야채수프 냄새가 새콤하게 났고, 일곱시경에는 휘파람새가 토마스 방의 서쪽 창가에서 지저귀다 갔습니다. 아홉시경, 저는 이층으로 올라가 토마스가 잠든 것을 확인하고 내려왔습니다. 열시경부터는 돌풍이 일더니 굵은 빗방울이 창유리를 때리기 시작했고, 저는 지금 창틀을 뒤흔드는 비바람 속에서 공주님께 편지를 쓰고 있습니다. 혹시나 해서 조금 전 이층에 올라가보니 토마스는 천둥 번개에도 아랑곳 않고 늘 그렇듯이 죽은 것처럼 잠이 들어 있었습니다. 내일은 브루클린에 가보려고 합니다. 작은 규모의 광고회사인데 인터뷰 연락이 왔습니다. 공주님의 배려로, 지난 석 달간 아무 생각 없이 이곳에서 편안하게 지낼 수 있었습니다. 그러나 그동안 제가 쓴 편지들을 읽으시면 아시게 되겠지만, 저는 글 같은 것을 쓰는 데에는 젬병인 사람입니다. 공주님의 타자기에 이제 조금 익숙해지기는 했어도, 이 편지를 쓰는 데에도 두 시간이나 걸리고 있습니다. 제가 공주님께서 생각하시는 일을 수행할 수 있을지 아직도 자신이 없습니다.

　날이 밝아올 무렵 비바람이 잠잠해졌다. 스트로브잣나무가 대기 속에 육중하게 서 있는 것을 느끼며 무일은 딱딱하게 굳은 몸을 침대에 인색하게 눕히고 눈을 붙였다.

　얼마 못 가 핸드폰 벨소리에 잠에서 깨었다. 자동차 소음 속에 서경의 목소리가 용수철처럼 귓속으로 튕겨들어왔다. 서울 홍대 앞의 그녀에게는 밤이지만, 뉴욕 허드슨 강 건너 팰리세이즈파크의 무일에게는 아침이었다. 그녀는 불야성의 밤거리를 걷고 있었고, 목소리에 취기가 묻어 있었다. 취객들이 내지르는 소리가 산발적으로 들려왔다. 지난겨울 서경을 따라 한국에 갔다가 들렀던 자정 무렵의 홍대 앞 풍경이 선연하게 떠올랐다. 학생인지 회사원인지 구별이 가지 않는 젊은 남녀들이 술에 취해 밤거리에서 실랑이를 벌이거나 우르르 몰려다녔다. 처음 무일의 눈에 그들은 에너지가 넘치고 자유롭게 보였는데, 시간이 지나자 거리에서 오가다 슬쩍 부딪히는 것조차 위협적으로 느껴질 정도로 부담스러웠다. 무일의 눈에 그들은 살면서 무엇엔가 크게 당한 사람들, 그래서 복수를 벼르고 있는 사람들처럼 보였다. 서경은 맨해튼의 모든 장소를 서울, 특히 홍대 앞과 연결시켜 기억하거나 환기하는 버릇이 있었고, 딱히 서로 연결이 되지 않을 때에도 자기 방식대로 의미를 부여하고야 말았다. 그녀는 소호나 그리니치빌리지에 가면 무일에게는 생소한 홍대 앞의 골목들과 클럽들을 줄줄이 불러냈다. 그것이 처음엔 무일의 흥미를 끌었고, 서경과 함께 보내는 시간이 길어지면서 서울에 대한 환상을 품게 되었다. 서경은 어디에서나 꼭 거기에 맞는 사람처럼 행동을 해서 무일을 놀라게 했다. 여섯 살에 미국으로 건너온 뒤 이십오 년 넘게 살아온 무일보다 오히려 일 년밖에 안 된 서경이 뉴욕에 완전히 동화되어 살았다. 무일은 이곳에서 늘 물과 기름처럼, 아니 쥐어지거나 뭉쳐지지 않는 모래알처럼 살아왔다. 회사로부터 느닷없는 해고 통보를 받고 비자 만기일까지 버티다 한국으로 돌아가면서 서경은 곧 돌아오고야 말겠다고 다짐했지만, 무일은 그녀에게는 뉴욕이든 서울이든 매한가지라는 것을 잘 알고 있었다.

무일은 서경에게 늘 하던 말을 짧게 되풀이하고는 핸드폰 폴더를 닫았다. 그녀의 혀 꼬부라진 말투가 덜 깬 잠에 건짜증을 불러왔다. 무일은 눈을 감은 채 그대로 침대에 누워 있었다. 서너 번 더 핸드폰 벨이 울렸다가 잠잠해졌다. 서경이 의무적으로 전화를 걸고 있음을 무일은 알고 있었고, 대수롭지 않게 여겼다. 서경이 떠나자 무일의 삶은 토마스의 삶만큼이나 단순해졌다. 무일은 이 상태에서 좀더 단순해져도 좋다고 생각했다. 그러나 당장 내일이라도 면접 제안이 들어오면 포트폴리오를 챙겨 나갈 것이었다.

제가 공주님께서 생각하시는 일을 수행할 수 있을지 아직도 자신이 없습니다…… 무일은 중단된 편지의 마지막 문장에 시선을 고정시킨 채, 사방에 흐르는 소리에 집중했다. 요란하게 울부짖던 비바람 소리도, 토마스 방의 서쪽 창가로 기울어진 나뭇가지에 와 지저귀던 휘파람새 소리도 들리지 않았다. 토마스는 그가 잠든 사이 정말, 죽었을지도 몰랐다. 지난 석 달간 아침에 깨어날 때면 단 하루도 그 생각을 하지 않은 날이 없었다. 그러면 갑자기 심장박동이 빨라지지만, 몸을 일으키는 사이 심장을 두드리던 급박함은 침착함으로 변하고 귀는 세상의 소음을 차단시킨 채 이층으로 쏠리곤 했다.

오전 여덟시 십오분.

오늘도 어김없이 이층 마룻바닥을 밟고 오가는 마리의 발소리가 들렸다. 곧 마리가 굵은 팔을 뻗어 창문을 활짝 열어젖히는 소리가 들릴 것이고, 이어 고소한 양송이수프 냄새가 계단을 타고 흘러내려올 것이고, 그리고 은제 식기를 달그락거리며 마리가 토마스에게 아침을 먹이는 소리가 들려올 것이었다. 그러면 어제처럼 또 하루가 시작되는 것이었다.

무일은 기지개를 켜며 창가 책상 쪽으로 걸어갔다. 창밖에는 밤새 빗줄기에 휘둘린 스트로브잣나무의 암녹색 가는 잎들 위로 아침 햇빛이 부서지고 있었다. 무일은 어제의 날짜를 찍고 타자기에서 편지를 뽑아들었다. 지난밤 그가 더디게 이어간 글자들이 행을 따라 정연하게 맞추어져 있었다. 무일은 편지를 가로로 두 번 접어 봉투에 넣고, 선반 위에 있던 공주님의 초록색 가죽상자를 내려 그 안에 넣었다. 상자 안에는 수십 통의 편지가 날짜순으로 공간을 채워가고 있었다.

공주님의 제안에 선뜻 토마스의 집으로 들어올 때만 해도 무일은 한두 달이면 새 직장을 구할 수 있을 것으로 생각했다. 그는 이틀 또는 사흘에 한 번 상자를 열어 새 편지를 넣었다. 상자가 편지로 가득 채워지려면 무일은 지금까지의 두 배 이상의 시간을 이 집에서 보내야 할 것이었다. 그때쯤 공주님은 귀국을 할 것이고, 계절은 가을을 거쳐 겨울로 접어들 것이었다. 무일은 자신을 낳은 어머니나 아버지를 떠올릴 수 없듯이, 겨울의 토마스를 상상할 수가 없었다. 무일은 무지근해지는 눈자위에 힘을 주며 창밖으로 다시 시선을 던졌다. 쇠락하기는 했지만 스트로브잣나무의 암녹색 가는 잎들이 초여름 아침 햇살을 받아 눈부셨다. 무일은 낡은 초록색 가죽상자를 손등으로 쓰다듬었다. 침엽 끝에 물방울들이 투명하게 맺혀 있었다. 무일은 스케줄 달력에 붙어 있던 포스트잇의 메모를 자신의 핸드폰에 문자로 저장했다.

브루클린 윌로 스트리트 70번지, R/D사. 6월 15일 오후 다섯시.

공주님, 오늘 토마스는 마리의 도움으로 정원에 나가 바람을 쐬었습니다.

아침식사 후 마리가 토마스의 산책을 의논하러 내려왔을 때, 저는 막 모닝커피를 마시면서 창밖의 금잔화를 바라보고 있었지요. 공주님께서 씨를 뿌려놓았던 땅에서 떡잎이 솟아나더니, 하루하루 쑥쑥 자라 제 무릎 높이에 이르러서는 꽃망울이 맺히고 며칠 전에는 황금색의 탐스런 꽃을 피워냈습니다. 마리가 호들갑을 떨면서 개화 사실을 알리기 전까지 저는 그 꽃이 무엇인지 모르고 있었지요. 마리는 금잔화를 보고 그날의 날씨를 귀신같이 알아맞히고 있습니다. 엊그제는 금잔화 꽃잎이 굳게 닫혀 있다며 큰비가 올 거라고 하더니 밤새 천둥번개를 동반한 굵은 빗줄기가 지붕을 강타했습니다. 비 그친 아침, 소담스런 그 꽃은 제 이름대로 황금빛으로 빛나고 있습니다. 마리로부터 공주님의 금잔화에 대한 각별한 애정을 알게 되었습니다. 마리에 의하면, 언제나 태양을 바라보고 있는 꽃, 태양의 시간 따라 오직 태양을 향해서만 제 몸을 여는 꽃이랍니다.

토마스는 금잔화 옆에서 한참 동안 온몸에 햇빛을 받았습니다. 거동이 자유로웠을 때 토마스는 정원을 훌륭하게 가꾸었다면서요. 몽블랑베이커리의 박정애 여사님으로부터 들었습니다. 근방에서 가장 멋진 정원을 자랑했었다고요. 좋았던 시절의 토마스를 상상하면서 알렉스를 떠올렸습니다.

여섯 살 때부터 저를 키워준 알렉스는 정원 가꾸기가 휴일의 유일한 취미였는데, 저는 그를 거들지 않았습니다. 만약 알렉스 옆에서 물 뿌리기라도 했다면 알렉스와 그렇게 무정하게 헤어지지 않았을지도 모른다는 생각이 뒤늦게 들기도 합니다. 솔직히 저는 알렉스가 보살피는 꽃이나 식물에 줄 마음이라는 게 없었습니다. 대디라고 부르면서도 진심으로 아버지라고 생각한 적이 없었지요. 열세 살까지는 누군가를 기다리며 살았고, 열네 살부터는 알렉스의 집을 떠날 생각을 하며 살았지요.

알렉스는 제 문제로 헬렌과 자주 다투기는 해도 저에게는 한 번도 큰소리를 친 적이 없었습니다. 알렉스와는 달리 헬렌은 저를 한 시간씩 두 손 들고 벌세우거나, 문밖에 세워놓기도 했지만, 저는 헬렌에게서 모정을 느끼곤 했습니다. 크게 야단을 맞은 날 밤 울지 않으려고 이를 악물다 잠이 들려고 할 때면 헬렌이 방문을 살며시 열고 들어와 말없이 침대 끝에 앉아 있다 가곤 했지요. 어느 날에는 제 머리카락을 귀 뒤로 넘겨주기도 했어요. 그런 날 밤이면 제 눈가에서는 굵은 눈물 한 방울이 흘러내렸고, 눈물이 뺨에서 마를 때쯤에는 안도의 숨을 쉬며 깊은 잠을 잘 수가 있었습니다.

공주님, 제 이야기가 뜬금없이 흘러나와 길어졌습니다. 이렇게 오랫동안 앉아서 글이라는 것을 써본 적이 없는 저로서는 지금의 이 생활이 어떻게 가능한지 신기하기만 할 뿐입니다. 이제는 하루라도 이 오래된 타자기를 두드리지 않고는 잠을 이룰 수가 없게 되었으니까요. 공주님께서는 제게 아무 부담도 주고 싶지 않다고, 하고 싶은 마음이 생기면 그때 말하면 된다고 하셨지만, 사실, 저는 공주님께서 하시려는 작업이 무엇인지 종종 궁금해집니다. 이제는 출근의 습관에서 벗어난 것 같은데, 일주일에 한 번은 알람 소리에 놀라 벌떡 잠에서 깨어나곤 하지요. 정신 차리고 보면 알람은 울리지 않았고, 다만 제 몸에 새겨진 삼 년간의 출근의 기억이 일으키는 착각이었지요. 그런 날 아침이면, 공주님께서 제게 맡기려는 그 일이 무엇일까 정말 간절하게 궁금해지기도 합니다. 무엇인가에 몰두하고 싶은 심정이라고 해야 할까요.

맨해튼에서 삼 년 동안 직장생활을 하면서도 무일이 브루클린 다리를 건넌 것은 두 번에 불과했다. 두 번 다 서경의 호출에 의해서였다. 다국적 스포츠그룹의 웹디자이너였던 서경의 동료들은 대부분 브루클린에 살았다. 신상품 광고 카피가 나오면 내리 며칠씩 철야를 해야 하는 작업의 특성상 합숙을 자주 했다. 그럴 때면 브루클린의 여왕으로 불리는 제니퍼의 아파트가 제공되곤 했다. 제니퍼는 9·11 때 남편을 잃은 히스패닉계 혼혈 미녀로 브루클린 토박이였다. 그녀는 마흔아홉 살인 것이 믿어지지 않을 만큼 젊어 보였고, 남편을 잃은 아픔이라곤 찾아볼 수 없을 만큼 늘 활기가 넘쳤다. 그녀의 남편 어니스트는 제니퍼보다 열 살 연하로 월드트레이드센터에 있는 생명보험회사에 다녔었고, 고액 연봉자였었다. 제니퍼의 아파트는 그의 보상금으로 마련된 것이었다. 서경은 금요일 밤이면 무일을 제니퍼의 아파트로 부르곤 했는데, 가보면 제니퍼는 보이지 않고 예쁘장하게 생긴 밥이라는 사내와 에이미라는 건장한 여자가 줄담배를 피워대며 서경과 카드게임을 하고 있었다. 그는 천성적으로 담배와 알코올을 좋아하지 않았다. 서경은 무일의 그 점에 이끌렸다고 고백하면서도 때로 샌님이라고 놀리며 답답한 표정을 짓곤 했다. 서경의 기분을 맞춰주느라 그들과 한 번 어울린 뒤 밥은 무일에게 가끔 금요일 저녁이면 함께 제니퍼의 집에 가지 않겠느냐고 물어왔고, 무일은 해고되기 하루 전 그들 차에 묻어 브루클린 다리를 건넜다. 밥은 오 년 전의 바비라는 귀엽고 예쁜 이름을 버리고 밥이라는 사내 이름으로 불리고 있었다. 서경은 밥과 한 조가 되어 제니퍼의 작업실에서 나오지 않았고, 무일은 제니퍼의 남편의 유품인 옛날 서부영화를 내리 세 편 보았다.

월요일, 출근하자 사장 비서실에서 호출이 와 있었다. 사장은 길게 이야기하지 않았다. 회사 사정이 좋아지면 다시 부를 테니 기다리고 있든지, 아니면 다른 데를 찾아보아도 좋다고 정중하게 말했다. 유럽과 중동, 일본에 지부를 둘 정도로 다국적으로 작업이 이루어지는 회사였고, 무일은 두바이에 건설 예정인 H사의 호텔 인테리어팀의 일원으로 시안 작업을 하고 있었다. 회사에서 업무 정리를 위해 그에게 준 시간은 당일 하루, 더이상 내일은 없었다.

무일은 지금 자신에게 벌어진 사태를 파악하느라 사장의 책상 모서리에 시선을 고정시키고 있다가 조용히 일어나 고개 숙여 인사를 하고 나왔다. 비가 오는 날을 끔찍하게 싫어해서 몇 번 월차를 낸 것 이외에는 매일 아침 여덟시면 집에서 나와 아홉시 오 분 전에는 유리로

외벽을 장식한 오십구층짜리 건물의 회전문을 밀고 들어가 이 분 전
에는 삼십팔층에 있는 자신의 자리에 앉았었다.

무일은 사장 방에서 나와 당장 내일을 생각하며 텅 빈 복도에 서 있
다가 엘리베이터 쪽으로 걸어갔다. 엘리베이터를 기다리며 배터리파
크를 거쳐 사우스 스트리트 시포트 쪽으로 눈길을 던졌다. 먼바다를
향해 출항하려는 배들이 오전의 만灣을 가득 채우고 있었다. 언제나
처럼 무일이 만을 들고 나는 크고 작은 배들의 숫자를 거의 다 헤아릴
즈음 띵— 하는 경쾌한 소리와 함께 엘리베이터의 문이 열렸다. 무일
은 늘 그래왔듯이 무덤덤한 표정으로 엘리베이터 안으로 발을 들여놓
았다.

공주님, 대구에서의 강연은 즐거우셨는지요?
오늘은 조선시대 궁중 복식문화에 대해서 강연을 하셨다고요. 한국
에서의 공주님 소식은 몽블랑베이커리의 박정애 여사님 덕분에 알게
되었습니다. 이곳 주민들이 아침을 거를 수 없는 이유를 저는 박정애
여사님의 힘 때문이라고 생각합니다. 그분은 단지 모닝커피와 베이글
만을 파는 것이 아니라 이웃 간의 관심과 나눔을 매개하고 있지요. 뉴
욕에서 흔히 볼 수 없는, 팰리세이즈파크의 몽블랑베이커리에서 벌어
지는 진풍경입니다. 아둔하게도 그 메커니즘을 터득하는 데 한 달이
걸렸습니다. 가끔 저는 아침 일찍 산책 삼아 걸어서 몽블랑베이커리
로 갑니다. 박정애 여사님은 모닝커피와 베이글을 종이케이스에 넣어
손님에게 건네면서 그날의 소식도 곁들여줍니다. 저는 아침마다 빵
을 사가며 동네 사람들과 고국의 소식을 안고 가는 그들을 바라보는

것이 즐겁습니다. 오늘 아침 박정애 여사는 저에게 가위로 오려낸 신문 조각을 건네주셨는데, 바로 거기에 공주님의 기사가 나와 있었습니다. 저는 집으로 돌아와 인터넷으로 공주님의 활동상을 찾아보았지요. 방송에도 출연하시고, 서울, 대구, 부산, 전국으로 강연을 다니시며 분주한 나날을 보내고 계시더군요.

무일은 공주님의 자료를 인터넷에서 찾아 편지와 함께 초록색 상자에 넣었다. 상자 안은 점점 빈자리가 줄어들었다. 공주님이 출연한 한 라디오 인터뷰에 의하면 공주님은 의친왕의 다섯째 딸이고, 고종의 손녀였다. 공주님의 아버지 의친왕은 공주님을 포함 스물한 명의 자녀를 두었는데, 그것은 어디까지나 공식적인 자식들의 숫자일 뿐이었다. 이화여대에서 피아노를 전공한 공주님이 한국을 떠난 것은 1956년. 6·25 동란 이후 지난 왕조의 후손들에 대한 핍박이 커졌고, 그때 목사님의 알선으로 미국으로 유학을 떠났다. 도미 전에 미팔군 도서관에서 잠깐 일했던 경력이 컬럼비아 대학으로 연결이 되었고, 그 대학 도서관의 동양학과 한국학 사서가 되어 이십칠 년간 재직하면서 자신의 뿌리인 조선왕조에 대해 깊이 연구할 수 있었다. 대학 도서관에서 은퇴한 지 십오 년이 흘렀고, 대학 근처 아파트에 살고 있는 공주님은 뉴저지의 한국인 노인들에게 합창을 지도하기 위해 일주일에 세 번 허드슨 강을 건넜고, 그때마다 몽블랑베이커리에 들러 커피를 마셨다. 박정애 여사가 몽블랑베이커리를 인수해서 개업했을 때 공주님은 항상 토마스와 동행했다. 토마스와 공주님의 관계는 아무도 확실하게 알지 못했다. 박정애 여사는 공주님에게 미국행을 권하고 뒤를 봐준 인물이 토마스라는 추측만 하고 있을 뿐이었다. 또한 누구도 토마스가 왜 어마어마하게 육중한 스트로브잣나무가 마당가에 있는 집에 혼자 살고 있는지, 그리고 왜 뇌졸중으로 쓰러진 뒤 공주님의 절대적인 보호를 받고 있는지 알지 못했다. 굳이 말하자면, 공주님은 사실 옹주였다. 그러나 토마스와의 관계가 베일에 싸인 채 유지되고 있는 것처럼, 공주라는 호칭도 자연스럽게 고착되어 있었다. 무일은 토마스의 집에 들어와 사는 동안, 그리고 공주님과의 약속대로 편지를 쓰면서 점점 공주님의 삶에 깊이 빠져들어가고 있었다.

공주님, 지금쯤 부산에 계시겠군요.

어제 타임스퀘어에서 만난 노인 이야기를 조금 해야겠군요. 그분이 부산을 알고 있었고, 부산에서 잠깐 살기도 했었다고 해서 놀랐습니다. 부산이라는 데가 시드니라든지 홍콩만큼이나 외국인이 즐겨 찾는 관광지는 아닐 텐데 말이지요. 사실 저는 타임스퀘어 벤치에 어제처럼 앉아본 적이 지난 삼 년간 한 번도 없었습니다. 그저 지나만 다녔을 뿐이지요. 그런데 회사를 그만두고 오랜만에 지나가다보니 타임스퀘어가 보행자들의 쉼터로 바뀌어 있어서 새롭기도 했고, 무엇보다 광장을 가득 메운 이방인들 속의 한 노인이 유독 제 눈길을 끌었지요.

노인은 조그마한 노트를 손에 들고 한참 허공을 향해 눈을 감은 채 사색에 잠겨 있다가 생각난 듯이 노트에 무엇인가 쓰곤 했지요. 그가 잠깐씩 고개를 들어 음미하듯 바라보는 맞은편 고층 건물의 외벽에는 한국 굴지의 기업 '삼성'의 로고가 선명하게 찍힌 광고가 자리잡고 있었습니다. 그리고 그 옆 빌딩에는 뒤질세라 같은 크기의 LG 광고가 타임스퀘어를 내려다보고 있었고요. 그때 저는 42번가 타임스퀘어를 지나 43번가 샘 애시 악기 거리로 가던 중이었지요.

광장은 각양각색의 관광객들로 빼곡했고 저는 그 속에서 훤칠한 키와 외모가 눈에 띄는 백발의 노인을 발견했던 것입니다. 마치 자연스럽게 접근하는 첩보원처럼 저는 그에게 걸어갔고, 마침 옆에 자리가 나서 앉아도 되겠냐고 물었지요. 타임스퀘어 근처에 있는 회사에 삼 년 동안 출퇴근했으면서도 광장 의자에 그렇게 앉아 있어보기는 처음이었습니다. 저는 오히려 광장의 관광객들을 피해 옆 블록의 6번가를 이용하곤 했지요. 그런데 그날따라 바로 옆 브로드웨이의 극장가에 몰려 있던 한국인 관광객들이 주고받는 한국어 대화가 제 귀에 쩍쩍 달라붙었습니다. 저는 노인 옆에서 다른 사람들처럼 등을 젖혀 의자 등받이에 완만하게 기대고 빌딩들로 둘러싸인 허공을 향해 턱을 약간 치켜든 채 멍하니 있었지요. 그는 무릎 위 노트에 몇 자 끄적거릴 때면 입술을 우물거리며 웅얼웅얼 혼잣말을 했습니다. 그와 저 사이에는 작고 둥근 빨간색 철제 탁자가 놓여 있었지요.

평소 누구에게 말을 걸고 하는 성격이 아닌데 그날은 좀 달랐습니다. 혹시 작가이십니까? 하고 제가 노인에게 말을 걸었고, 노인은 고개를 저으며 노트를 덮었습니다. 그의 눈과 입은 미소를 짓고 있어서, 내친김에 저는 거기에 무엇을 쓰고 있느냐고 물었습니다. 노인은 말없이 맞은편 고층 건물 외벽을 장식하고 있는 삼성 광고를 가리켰습니다. 스무 살 어름의 새파랗게 젊은 시절을 저 나라에서 보냈다구요. 참전해서 죽을 고비를 여러 차례 넘겼는데, 한번은 부산이라는 남쪽 항구도시에서 병원생활을 하며 소녀가 낳는 아기를 받은 적도 있었다고요. 육십 년 전의 일인데, 가난과 비참을 눈뜨고 볼 수 없었던 그 나라가 맨해튼의 심장을 차지하며 번쩍번쩍 광고를 하고 있다는 것이 도무지 믿어지지가 않는다고요. 그때 자신이 보았던 것이 혹여 꿈은 아니었나 매일매일 이곳에 나와 확인하는 거라구요.

석양이 빌딩숲 아래로 기울어지자 그는 자리에서 일어섰고, 끝내 저에게 한국인이냐고 묻지 않았습니다. 그는 브루클린 아래 롱아일랜드에서 살고 있는데, 죽기 전에 꼭 그 나라에 다시 한번 가보고 싶다고 하더군요. 그리고 손을 내밀며 자신의 이름을 말해주었습니다. 댄 헤이우드.

어쩌다가 들어선 곳은 선착장으로 이어지는 강변의 막다른 길이었다. 선착장엔 공사중 철책이 세워져 있었고, 포클레인과 빨간 천조각을 매단 막대기들이 여기저기 꽂혀 있었다. 철책 너머 허드슨 강 너머로 노을이 지고 있었다. 사우스 스트리트 시포트를 지나 브루클린 다리로 진입하자 갑자기 굵은 빗방울이 떨어져 창유리를 적셨다. 간헐적으로 뿌리며 지나가는 비였는지, 다리를 건너 우회전을 하며 풀턴 페리 선착장 쪽으로 들어서자 빗방울은 사라지고 서쪽 하늘이 붉은 노을에 물들고 있었다.

무일은 핸들을 돌리려다가 그대로 정차했다. 하늘에서 뚝 떨어졌는지 집시풍의 빨간 원피스를 입은 백인 여자가 나타나 철책가를 서성이고 있었다. 풍만한 육체와 어울리지 않게 킬힐을 신고 있었다. 여자는 마치 가볍게 댄스 스텝을 밟듯이, 아니 노을과 장난이라도 치듯이 두세 발짝씩 좌우로 걸음을 옮겼다. 여자의 움직임에 따라 노을이 숨바꼭질하듯 보였다 안 보였다 했다. 무일은 여자로부터 오십 미터 정도 떨어진 도로 위에 차를 세운 채 여자와 노을의 움직임을 지켜보았다. 아침에 토마스가 죽었을지 모른다고 생각하며 바라보았던 바로 그 태양이 노을이 되어 지구 저편으로 사라지고 있는 것이었다.

어느 날에는 하루가 빨리 지나가고, 어느 날에는 하루가 더디게 흘러갔다. 맨해튼에서 브루클린 다리를 건너기 전까지 시간은 순리대로 흘러갔다. 그런데 강변에 도착한 순간 태양은 노을이 되었고, 그리고 노을은 은근히 빠른 속도로 기울어지고 있었다. 여자의 빨간 치맛자락이 깃발처럼 바람에 날렸다. 무일은 핏빛으로 산화되는 노을빛에 꼼짝없이 사로잡혀 있었고, 여자는 태양의 흑점처럼 그의 동공에 들어와 있었다.

무일은 조수석에 놓여 있던 카메라를 들고 차에서 내렸다. 렌즈의 포커스를 노을에 맞추고 여자를 자연스럽게 지켜보았다. 여자가 노을과 일직선상에 놓일 때 무일은 연속촬영으로 셔터를 눌렀다. 여자가 무일 쪽을 슬쩍슬쩍 돌아보았으나 그는 태연하게 렌즈 속의 그녀를 정면으로 바라보았다.

조금 뒤 블랙 가죽재킷을 입은 사내가 오토바이를 타고 달려왔다. 사내는 다정히 다가서는 이마에 어지럽게 흘러내린 여자의 구불구불한 머리카락을 엄지와 검지손가락으로 떼어 가지런히 뒤로 넘겨주었다. 여자는 사내의 손길이 닿으려고 할 때마다 간지럽다는 듯이 강쪽으로 고개를 돌렸다. 여자의 움직임에 사내의 손가락은 여자의 수북한 머리카락 속으로 박혔고, 여자가 장난스럽게 키득거리자 사내는 손을 뻗어 여자를 끌어안듯이 그녀의 어깨를 끌어당겼다. 사내와 여자의 머리 사이로 노을이 짓눌린 풍선처럼 터질 듯했다.

한동안 어깨를 밀착시킨 채 노을이 지는 광경을 바라보고 있던 여자가 힐 끝으로 사내의 발을 장난스럽게 툭툭 건드리자 그것이 신호라도 되는 듯이 사내가 여자의 몸을 자신에게로 획 돌렸다. 바람에 날리는 빨간 치맛자락뿐 여자의 형체는 사내의 검은 가죽재킷에 가려 보이지 않았다. 그들은 무일을 조금도 의식하지 않았고, 노을은 공사장 철책 너머로 감감하게 사라졌다.

공주님, 오늘 맨해튼으로 면접을 보러 나갔다가 컬럼비아 대학에 충동적으로 들렀습니다.

삼 년 동안 42번가에 있는 회사 근처만 왔다갔다하며 맴돌기만 했지 저는 컬럼비아 대학이 있는 114번가까지는 올라간 적이 없었습니다. 미시간에서 대학을 졸업하고 취직해서 맨해튼으로 오기까지 제가 가본 미국의 도시들은 몇 안 되었습니다. 저를 키워준 양부모님 역시 평생 미시간 주를 떠난 적이 딱 세 번밖에 없었다고 말씀하시곤 했지요. 그중 한 번이 제가 맨해튼으로 직장을 잡아 옮겨왔던 삼 년 전의 여행이었습니다. 저는 중학생 때까지 반에서 꼴찌를 맡아놓고 했습니다. 하루는 알렉스가 정원에서 저를 불러서 갔더니, 무작정 정원 울타리에 비죽비죽 웃자란 풀을 뽑으라고 했어요. 저는 아무 말 없이 울타리의 잡초들을 뽑았습니다. 저는 살면서 알렉스가 시키는 일에 왜냐고 토를 달지 않았고, 왜냐고 묻는 질문에도 대꾸를 하지 않았습니다. 풀을 다 뽑고 나자 알렉스가 하던 일을 멈추고 일어서서는 제 옆에 와서 나란히 섰습니다. 어느새 제 키는 알렉스보다 머리 하나가 더 큰 것이었습니다.

알렉스는 잡초를 뽑아 정갈해진 울타리를 한 번 둘러보고는 정원가에 우뚝 솟아 있는 느티나무 쪽으로 걸어가며 따라오라는 손짓을 했습니다. 알렉스의 뒤를 따라 걸어가면서, 그 느티나무는 알렉스와 헬렌이 결혼하던 날 심은 것이라고 헬렌으로부터 들었던 기억이 났습니다.

제가 여섯 살 때 알렉스의 아들이 되어 그 집에 오자 느티나무에는 그네가 매여 있었고 그리고 보조바퀴 달린 자전거가 놓여 있었습니다. 그 나이의 꼬마라면 자전거를 향해 달려갔을 텐데, 저는 그러지 않고, 물끄러미 그것을 바라보고 있기만 했다고 하더군요. 저의 표정이 나이와 어울리지 않게 쓸쓸해 보여 헬렌은 밤새 걱정을 했습니다. 그러나 헬렌의 걱정은 오래가지 않았고, 저는 그네 타기를 좋아했습니다. 그 시절로 기억을 되돌리면 언제나 그네에 앉아 있는 모습이 떠오를 정도였습니다.

알렉스를 따라 그네에 간 저는 처음 그 집에 왔을 때처럼 물끄러미 그네를 바라보고 서 있어야 했습니다. 헬렌이 그네에만 앉아 산다고 걱정할 정도로 그넷줄을 움켜쥐고 놓을 줄을 몰랐었는데, 알렉스보다 훌쩍 큰 키로 내려다본 그네 바닥엔 얼룩얼룩 검푸른 이끼가 잔뜩 끼어 있었던 것입니다. 알렉스가 그네 바닥을 손으로 쓱 닦아내더니 당신이 그 자리에 앉았습니다. 그넷줄을 양손으로 붙잡고 앉아 있는 알렉스를 내려다보고 서 있으려니 이상한 기분이 들었습니다. 살면서 그런 기분이 드는 경우가 몇 번 있었습니다. 경우마다 달랐지만, 분명한 것은 유쾌한 성질의 기분은 아니었다는 것입니다.

제가 왜냐고 묻지도 않고 울타리 밖만을 바라보고 있자 알렉스는 화이트라는 제 이름 대신 한 번도 들어보지 못한 이름으로 저를 불렀습니다.

무일.

언제 태어났는지 알 수 없어서인지 입양일지에 적힌 제 이름은 허무일이었습니다.

무일. 너는 그네를 무척 잘 탔었지. 그때처럼 이제부터 네가 잘할 수 있는 한 가지를 찾아야 한다. 그것으로 네가 앞으로 살아갈 수 있을 정도로. 알렉스는 며칠 뒤 뇌졸중으로 쓰러졌고, 알렉스의 정원은 점점 잡초밭으로 변해갔습니다.

알렉스는 부친의 가업을 이어받아 건축회사의 하청업체를 운영하고 있었는데 할 수 없이 헬렌이 그 일을 대신하게 되었습니다. 저는 헬렌을 도와 가끔 건축설계 사무소에 심부름을 가곤 했습니다. 저는 그때 공룡 화석만큼이나 건축설계의 세계에 흥미를 느끼게 되었지요. 만약 그때 알렉스가 쓰러지지 않았다면, 저는 대학을 갈 수도 없었을 것이고, 지금의 저는 존재하지 않겠지요. 양부모님은 저를 자랑스럽게 여겼습니다. 사장으로부터 해고나 다름없는 휴직령을 받았을 때 제일 먼저 떠오른 것은 알렉스의 얼굴이었습니다. 알렉스로부터 떠나기 위해 잠을 죽이며 공부를 해서 어렵게 잡은 직장이었는데, 패잔병처럼 돌아갈 수는 없었습니다. 공주님께서 토마스와의 동거를 제안하셨을 때, 저는 구세주를 만난 것처럼 반가웠습니다. 낡은 자동차와 어마어마하게 육중한 스트로브잣나무가 정원가에 있는 집의 한 달 월세가 오백 달러.

이층에서는 어제와 마찬가지로 〈트라이 투 리멤버〉가 흘러나왔다. 오후 네시에서 다섯시 사이. 오늘 하루해도 기울고 있었다. 그런데 노래의 목소리는 어제와 같은 브러더스 포의 것이 아니었다. 지난주 수요일엔가 무일이 마리에게 넌지시 건네준 음반 속 중국 배우의 음성이었다. 부르는 사람이 달라지니 노래도 다르게 들렸다. 무일은 마리에게 음반을 준 다음날 외출하느라 마리가 그 곡을 토마스에게 들려줬는지 알 수 없었다. 무일이 집에 머문 지난 며칠 동안에도 노래는 들리지 않았고, 무일은 음반을 준 사실조차 깜박 잊고 있었다.

브러더스 포의 〈트라이 투 리멤버〉는 남성 중창곡이었다. 매일 오후 네시에서 다섯시 사이 토마스의 집에 그들의 목소리가 울려퍼진 것은 합창을 지도하는 공주님과 관계가 있거나 젊었을 적 토마스가 즐겨 들었기 때문이거나 둘 중의 하나였다. 무일은 한 번도 브러더스 포의 목소리가 아닌 〈트라이 투 리멤버〉를 생각해본 적이 없었다. 그런데 며칠 전 면접을 보러 그리니치빌리지에 나갔다가 중고 레코드점 앞에서 읊조리는 듯한 남자 가수의 노래를 들었다. 빗방울이 떨어지기 시작했고, 동시에 어둠이 내리고 있었다. 우산을 펼치지 않은 채 무일은 막 불 켜진 가로등 아래 서서 노래가 끝날 때까지 들었다. 브러더스 포 중창단이 부를 때는 가사가 귀에 들어오지 않았었는데, 영어 발음이 완벽하지 않은, 그러나 묘한 분위기의 아시아 남자 음성으로 들으니 노래 가사가 귓속으로 한 자 한 자 새겨져들어왔다.

기억해봐요…… 9월의 그때를……
기억해봐요…… 버들가지 외에는 아무도 슬퍼하지 않고……

기억해봐요…… 사랑이 금방이라도 타오를 불씨 같던 때를……
기억……해……봐요……

노래가 끝났을 때 무일의 몸은 비에 젖어 있었고, 그는 계속해서 귓가에 울리는 멜로디를 느끼며 빗속을 걸어갔다.

공주님, 서울은 한낮의 햇살이 빛나고 있겠지요. 지금 이곳은 자정입니다. 새로운 날이 시작된 것이지요. 저는 오늘부터 며칠 동안 이 집을 비웁니다. 면접을 보기 위해 아침 일찍 샌프란시스코로 떠납니다. 육 개월 인턴 자리이긴 하지만, 잘되면 서울로 떠날지도 모릅니다.

토마스에게 미리 인사를 하기 위해 방금 이층으로 올라갔다가 내려왔습니다. 토마스는 편안히 잠들어 있었습니다. 토마스는 마리가 잘 돌보아줄 테니, 저는 안심하고 다녀오겠습니다.

아, 공주님께서 주신 초록색 가죽상자가 편지로 가득찼습니다. 제가 없는 사이 공주님께서 돌아오시면 선반 위의 그것을 확인해주세요.

무일은 타자기에서 편지를 뽑아 한 번 훑어보았다. 무일은 제법 능숙하게 구식 타자기를 다뤘다. 편지를 타이핑하는 데 채 일 분도 걸리지 않았다. 공주님이 맡기려는 일이 무엇이든, 그것이 타자기를 사용하는 것이라면, 어렵지 않게 할 수 있었다. 무일은 편지와 함께 넣어두었던 공주님의 자료를 상자에서 꺼내어 서랍에 넣고 방금 뽑은 편지를 두 번 접어 상자 오른쪽 끝에 끼워넣었다. 상자 뚜껑을 닫으면서 어쩌면 이것이 마지막 편지일지도 모른다는 생각이 불현듯 들었다.

동시에 토마스가 방금 마지막 숨을 거뒀을지도 모른다는 생각이 화살처럼 뇌리에 꽂혔다. 무일은 이층으로 올라가는 계단으로 고개를 돌렸다. 사방이 고요했다. 정적이 전류처럼 무일의 몸을 휘감았다. 급격하게 가슴이 뛰었다가 서서히 누그러졌다. 늘 있는 일이었다. 토마스에게 내일은 없었다. 내일이 없기는 자신도 마찬가지였다. 무일은 계단참에 발을 올려놓았다. 계단 중간 격자창 밖은 깜깜했다. 정지된 시간 속에 어마어마하게 육중한 스트로브잣나무가 어둠 속에서 토마스 집을 지키고 서 있었다. 무일은 계단에서 내려와 초록색 가죽상자를 선반 위에 올렸다. 공주님의 구식 타자기도 케이스에 넣었다.

무일은, 다시, 조용히 살 만한 곳을 찾았다.

어떤 여름

나미를 처음 만난 것은 지난여름 니스행 열차 안에서였다. 그날 이후 나는 열흘 동안 매일 다른 도시의 호텔방에서 깨어났다. 여행은 나미의 수첩에 적힌 지명의 호텔들에 따라 이루어졌다. 그녀를 열차 안에서 처음 보았을 때, 나는 갑자기 심장박동이 빨라지고 정신이 혼미해지는 신비로운 기분을 체험했다. 바캉스가 끝나고 업무에 복귀한 뒤에도 나는 한동안 나미의 신기루 속에서 벗어나지 못했다.

나미와의 여행은 충동적으로 이루어졌다. 그날 니스행 열차는 만원이었다. 휴가철인데다가 토요일이라 이른 아침부터 역 전체가 인파로 북적였다. 나는 예약된 열차의 비즈니스 테이블 좌석을 찾아 앉았다. 테이블 맞은편에 깡마른 체구의 동양인 여자가 앉아 있었다. 그녀는 열차가 정차하든 발차하든 줄곧 책에서 눈을 떼지 않았다. 나는 니스에서 건축 의뢰인과의 미팅이 예정되어 있었다. 그리고 미팅이 끝나면 바캉스였다. 어디로 갈 것인가. 오 년간 동거해온 클레르와의 관계를 청산한 뒤 석 달 동안 그날의 미팅을 위해 밤낮없이 매달렸다. 방송국의 일기예보 연출자였던 클레르는 바캉스를 위해 일 년을 투자하는 프랑스의 전형적인 전문직 여자였다. 떠나기 두 달 전부터 계획을 짜는 재미로 살았을 정도였다. 알프스의 웬만한 봉우리는 물론이고, 네팔과 그린란드에도 가보았고, 마다가스카르 섬의 기암절벽에도 가보았다. 클레르뿐만이 아니라 어디를 가든 언제나 동반자가 있었다. 그들 중 지금은 아무도 남아 있지 않았다. 언제부턴가—아마 마흔 살 무렵이었을 것이다—바캉스라는 것에 심드렁해졌다. 어디를 가도 더이상 새로울 것이 없었다. 한창 회상에 사로잡혀 있을 때, 맞은편의 여자가 화장실에 가려는지 읽고 있던 책을 테이블에 내려놓고는 자리에서 일어났다. 앉아 있을 때의 느낌보다 키가 컸다. 테이블에 올려진 책을 슬쩍 훔쳐봤다. 검은 바탕의 책 상단에 붉은 글씨로 제목이 쓰여 있었다. 그것은 내가 읽을 수 있는 문자가 아니었다.

열차가 아비뇽을 지날 때, 여자가 잠시 책에서 시선을 떼고 창밖을 바라보았다. 읽고 있던 책을 가리키며 재미있느냐고 물었다. 그렇게 말을 붙여놓고, 그녀가 프랑스어를 알아들을 수 없을지도 모른다는 생각이 들었다. 용기를 내어 영어로 다시 물었다. 그녀는 마주앉은 지 두 시간 만에 처음으로 내 눈을 바라보았다. 눈꼬리가 살짝 올라간 채로 가로로 길게 찢어진 두 눈이 순하게 나를 향해 멈추어 있었다. 나는 순간 긴장했다. 처음 보았던 순간처럼 심장이 떨리고 무릎에 힘이 쑥 빠졌다. 이상하기 짝이 없는 일이었다. 누구를 보고 심장이 뛰기는 참으로 오랜만의 일이었다. 그녀는 긍정도 부정도 하지 않고, 살짝 미소를 지었다. 내친김에 무슨 책이냐고 또 물었다. *The Red and The Black.* 그녀의 입술에서 새어나오는 제목이 낯설게 귀에 박혔다. 스탕달? 그러나 나는 이내 퀴즈를 맞히는 학생처럼 소리쳤다. 그녀는 한국어로 번역된 프랑스의 소설을 읽고 있었다. 쥘리앵 소렐. 그리고 마담 이름이…… 주인공 이름이 가물가물했다. 그녀가 레날 부인이라고 확인해주었다. 중학생 때였으니, 소설을 접한 지 삼십 년 가까이 되었다. 정확히 말하면 나는 스탕달의 그 소설을 읽은 것이 아니었다. 교과서 수준의, 그러니까 교양 수준의 정보를 꿰찼을 뿐이었다. 지금 이 시대에도 스탕달 소설을 읽고 있는 사람이 있다니, 그것도 동양 여자가. 나는 신비로운 물건을 대하듯 그녀에게 책을 좀 구경해도 되겠느냐고 물었다. 그녀는 읽고 있던 페이지를 확인한 뒤 나에게 순순히 건네주었다. 흰 종이에 해독할 수 없는 글자들이 빼곡하게 박혀 있었다. 그녀에게인지, 낯선 문자엔지 야릇한 호기심이 일었다. 첫 문장이 어떻게 되느냐고 물으며, 그것을 들으면 혹시 옛날에 읽었던 기억이 날 수 있을 것도 같다고 너스레를 떨었다. 그녀는 어깨를 으쓱하더니 주저하지 않고 한국어로 『적과 흑』의 첫 문장을 읽었다. *베리에르라고 하는 작은 도시는 프랑슈 콩테 지방에서 가장 예쁜 곳의 하나로 통할 만하다.*

아를을 지나고 대화가 끊긴 이후 여자는 단 한순간도 소설에서 눈을 떼지 않았다. 나는 왠지 모를 초조감에 휩싸였다. 낯모르는 여자에게 수작을 거는 남자로 비치고 싶지 않았다. 자연스럽게 말문이 터져 대화를 이어갈 순간을 기다렸다. 그러나 바람은 물거품으로 끝나고 열차가 니스 중앙역에 정차하기 위해 서행했다. 좀 이른 감이 있었지만, 짧게 작별인사를 건넸다. 여자가 지금 여기가 어디냐고 물었고, 곧 니스에 도착한다고 알려줬다. 여자는 창밖을 한 번 바라보더니 다시 느긋하게 책으로 고개를 돌렸다. 나는 여자가 다시 책 속에 파묻히기 전에 어디까지 가느냐고 물었다. 여자는 자신도 니스에서 내린다고 말했고, 그 말을 듣는 순간 꽉 막혔던 답답한 기분이 홀가분해지며 야릇한 쾌감에 사로잡혔다. 내친김에 앞으로의 일정을 물었고, 그녀는 잠시 생각하더니 프랑스의 몇몇 호텔들을 여행할 것이라고 대답했다. 도시들이 아니라, 호텔들이라고요? 그녀의 영어는 완전하지 않았지만 이해하는 데 무리가 없었다. 그러나 주로 짧게 대답해서 자칫 비약으로 오해가 있을 수 있어 확인이 필요했다. 그녀는 어깨를 으쓱하곤, 가방에서 빨간색의 아주 작은 수첩을 꺼내더니 순순히 나에게 보여주었다. 시테아 브장송, 보졸레의 레 마리톤느 호텔, 리옹의 콩코르드 호텔, 그르노블의 유럽 호텔, 엑스레뱅의 엑스 오리앙탈 호텔, 안시의 임페리얼 팰리스 호텔, 스트라스부르의 메종 루주 호텔, 랭스의 카테드랄 호텔, 파리의 르 세나 호텔…… 그녀의 수첩에 적힌 목록을 대충 훑어보니 프랑스 중동부 부르고뉴에서 북동부 샹파뉴까지 올라가 다시 파리로 내려오는 여정이었다. 호텔업과 관련이 있는 일을 하냐고 물었지만, 그녀는 긍정도 부정도 하지 않고, 살짝 예의 그 미소를 지었다. 건축설계사에 입문하던 시절 몇백 년 된 성城과 저택들을 호텔로 리모델링하는 설계에 보조로 몇 번 참여했었다. 최근 니스와 스트라스부르에 있는 몇몇 호텔들의 내부 인테리어 리모델링 작업을 하기도 했었다. 니스에서의 일이 끝나면 한 달간 휴가인데, 혹시 폐가 안 된다면, 동행

해도 괜찮겠냐고 명함을 건네며 물었다. 아, 오해는 마십시오. 저도, 호텔 여행에 관심이 많아서요. 열차가 정차했고, 여자는 잠깐 창밖으로 시선을 돌렸다. 니스라는 푯말이 또렷하게 눈에 들어왔다. 혼자 돌아보는 것이라면, 아, 혼자 여행하는 것도 좋겠지만, 동반자가 있는 것도 나쁘지는 않을 것 같은데…… 그것을 용기라고 해야 할까. 나는 거침없이, 마치 풀어야 할 오해를 푸는 연인처럼 그녀에게 호소하고 있는 나 자신이 대견스럽게 여겨졌다. 승객들이 바람을 일으키며 내렸고, 플랫폼에는 곧 타려는 승객들과 배웅나온 사람들이 포옹을 하고, 키스를 했다. 여자는 나의 제의에 아랑곳하지 않고 읽던 책을 침착하게 가방에 넣고 열차에서 내렸다. 나는 여자의 뒤를 따라 내렸다. 실례를 한 것인가. 상대방의 제안에 어떤 식으로든 대꾸를 하지 않는다는 것은 기분이 상했기 때문임이 틀림없었다. 플랫폼의 시계는 정오를 가리키고 있었다. 여자의 붉은 수첩에 적힌 호텔 목록에서 니스는 보이지 않았다. 시테아 브장송, 7월 15일. 내일 그녀는 브장송으로 가는 것으로 되어 있었다. 그러면 오늘은? 나는 믿어지지 않을 만큼 여자에게, 그녀의 수첩에 집중하고 있었다. 나 자신도 알 수 없는 힘에 떠밀려 너무 흥분한 탓인지 무릎에 힘이 탁 풀리면서 그 자리에 주저앉고 싶었다. 여자와 반발짝 정도 간격이 벌어지기 시작할 찰나 빠르지도 느리지도 않은 발걸음으로 플랫폼을 걸어가던 여자가 멈춰 서더니 내 일이 끝나는 시간을 물었다. 나는 한시 미팅 이후 세시부터 자유롭다고 대답했다. 여자는 자신은 해변가 영국인 산책로에 있을 거라고 말하고는 약속이 있는 사람처럼 역광장을 가로질러 걸어갔다.

*

시테아 브장송 아파트호텔. 잠에서 깨어나자, 그는 벌써 외출하고 없었다. 일곱시경 잠결에 벨이 울렸던 것이 떠올랐다. 그의 목소리가 들렸고, 나는 잠을 좀더 자고 싶다고 말했었다. 어제 니스에서부터 줄곧 운전을 했는데도 그는 피곤한 기색이 없었다. 차를 빌린 것은, 그에게 동반을 수락한 것만큼이나 잘한 결정이었다. 시테아 브장송은 두Doubs 강 옆에 자리잡고 있었다. 강변임에도 불구하고 지난밤, 새벽까지 몹시 더웠던 기억이 났다. 이상고온현상으로 유럽 전체가 삼십오 도를 오르내리며 폭염주의보가 내려져 있었다. 내 방에는 에어컨이 없었고, 작은 거실과 부엌이 딸려 있었다. 그의 방은 거실 없는 원룸이었다. 철재와 유리로 지어진 신축 반원형 아파트형 호텔의 꼭대기 방이라 밤 여덟시가 넘도록 석양볕에 달궈져 새벽까지 열대야를 방불케 했다. 얼른 침대에서 일어나 창문을 열고 밖을 내다보았다. '붉은 기와가 덮인 뾰족한 지붕의 하얀 집들'이 두 강 건너 빼곡히 들어차 있었다. 어젯밤 산책 후 각자 방으로 들어가기 위해 열쇠로 문을 열다가 그가 부탁 하나 해도 되느냐고 물었다. 나는 긴장하지는 않았지만 곤란에 빠지는 것은 싫다고 대답했다. 그는 『적과 흑』을 읽어달라고 했다. 그것은 어렵지 않은 요구였다. 그가 한국어를 알아듣지 못하는 것은 중요하지 않았다. 함께 내 방으로 들어와서 그는 소파에, 나는 테이블 의자에 앉았다. 처음부터 읽을까요, 읽던 부분부터 읽을까요, 아니면 아무데나 펼쳐 읽을까요. 그는 소파에 편안하게 등을 기대고 낭독에 집중하기 위해서인지 자신의 두 손을 맞잡으며 말했다.

처음부터. 베리에르라고 하는 작은 도시는 프랑슈 콩테 지방에서 가장 예쁜 곳의 하나로 통할 만하다. 붉은 기와가 덮인 뾰족한 지붕의 하얀 집들이 언덕 경사면 위로 펼쳐져 있고, 울창한 밤나무 숲은 언덕의 굴곡을 드러내고 있다. 예전에 스페인 사람들이 지었으나 지금은 폐허가 된 요새 아래로는 두 강이 까마득히 흐르고 있었다.

오후 다섯시가 조금 넘어 호텔로 돌아오니, 그는 여전히 외출중이었고, 카운터에 메모가 남겨져 있었다. 기다리다 외출합니다. 오후 일곱시 시내 빅토르 위고 공원에 있는 '1802년' 식당에서 만납시다. 장. 서울을 떠날 때 여권과 비자카드, 그리고 호텔 목록이 적힌 소형 수첩 이외에 어떤 소통 기기도 몸에 지니지 않았다. 이른 아침 깨어날 때부터 새벽 한시경 잠자리에 들 때까지 늘 끼고 살던 노트북과 스마트폰은 어두운 책상 위에 다소곳이 놓여 있을 것이었다. 호텔 로고가 박힌 메모지에 연필로 쓴 그의 필체를 유심히 살펴보았다. 종이에 새겨진 필심의 농도와 스치듯 써나간 알파벳의 리듬감 있는 연결이 늘 연필을 쥐고 사는 사람의 필체였다. 그는 백칠십오 센티미터 정도의 키에 규칙적인 운동으로 다져진 듯 다부지고 건실한 인상을 심어주었다. 만난 지 이틀째, 우리는 서로 약속이라도 한 듯이 사생활에 대해서는 함구했다. 가족이나 연인, 사랑 따위. 오직 지금 이곳에서 보는 것, 듣는 것을 이야기하는 것으로도 관계는 이어졌고, 삶은 계속되었다. 그가 자동차를 렌트한 덕분에 기동력이 좋아졌고, 그만큼 돌발적인 우회로들이 늘어났다. 무엇보다 혼자라는 이유로 찾아오는 이런저런 유혹과 잡념들로부터 자유로울 수 있었다. 연달아 울리는 사이렌 소리에 창밖을 내다보았다. 소방차와 앰뷸런스가 빠른 속도로 달려갔다. 한 치의 오차도 없이 붉은 기와를 인 몇백 년 된 석조 건물들로 꽉 짜여진 시내의 어디에선가 불이 난 모양이었다. 순식간에 소방차가 지나간 길은 아무 일도 없었던 듯 오후의 햇볕만이 건조하게 내리쬐고 있었다. 두 강변에 위치한 호텔 겸 스튜디오인 시테아는 고택들만으로 이루어져 있는 브장송에서는 예외적으로 현대적인 건축물이었다. 외국인에게 프랑스어 집중 교육을 시키는 언어교육원의 복합 단지 맨 끝에 딸려 있었고, 길 맞은편에는 소방서가 있었다. 그는 지금 어디에 있는 걸까. 사이렌 소리가 사라진 쪽으로 그의 행방이 궁금해졌다. 그러나 그가 어디에서 무엇을 하든 신경쓸 일 아니었다. 인간은 어떤 식으로든, 아니 본능적으로 관계에 능한 동물이고, 내가 낯선 그와의 여행을 받아들인 이유는, 그동안 어색하기만 했던 타인과의 관계성을 시험해보려는 의도가 무의식에 깔려 있어서인지도 몰랐다. 사이렌 소리는 잠잠해졌다. 니스 영국인 산책로에서 다시 만났을 때 그가 한 말을 떠올렸다. 저를 믿어줘서 고맙습니다. 함께하는 동안 후회하지 않을 겁니다.

레스토랑 '1802년'은 수령이 백 년은 거뜬히 넘어 보이는 플라타너스나무들이 울창하게 서 있는 작은 공원의 안쪽에 자리잡고 있었다. 브장송 출신의 작가 빅토르 위고가 태어난 해를 기려 붙인 이름이었다. 공원 입구에는 원형의 쉼터가 팔각정 형태로 세워져 있었고, '1802년' 가까이에는 빅토르 위고의 석상이 세워져 있었다. 약속시간 십 분 전에 도착했다. 그는 테라스에 두 자리를 예약해놨고, 나는 종

업원의 안내에 따라 공원 쪽을 향한 자리에 앉았다. 쉼터는 공연과 여흥을 겸하는 곳인지 환한 조명 아래 몸집 좋은 수십 명의 중년 남녀가 요란한 라틴음악에 맞춰 격정적으로 춤을 추고 있었다. 연일 삼십오 도를 웃도는 폭염이 유럽을 뜨겁게 달구고 있었고, 저녁 일곱시경에는 온종일 내리꽂힌 지열로 삼십칠 도를 기록하고 있었다. 여름엔 습기가 희박한 서안해양성기후라 나무 그늘은 시원했다. 시원한 로제와인을 주문해 마시면서 한여름 밤 춤추는 사람들을 물끄러미 건너다보았다. 육중한 몸을 부지런히 움직여 박수를 치고 환호하고 있지만, 야회夜會가 끝나고 집으로 돌아가면 어쩌면 무덤과 같은 권태가 기다리고 있을 것만 같았다. 여름 한철 반짝하고 깨어나는 이 도시처럼 그들의 삶도 한여름 밤 어두운 공원에서 폭죽처럼 터지는 무도舞蹈의 순간으로 생기를 찾고 있는 것일지도 몰랐다.

밤의 버스정류장마다 환하게 불 켜진 광고판 안에 프루동이 앉아 우리를 바라보고 있었다. 처음엔 쿠르베 전시회를 알리는 광고여서 쿠르베인가 했는데, 쿠르베가 그린 프루동의 모습이었다. '쿠르베와 프루동, 예술과 인민'. 사회주의 사상가인 프루동과 쿠르베가 아주 긴밀한 관계라는 것을 전시회 제목이 환기시켜주었다. 쿠르베가 그린 프루동은 헐렁한 옷을 입고 돌계단의 두번째 참에 걸터앉아 있었다. 옆에는 두세 권의 책이 놓여 있었고, 덥수룩한 수염에 검정색 얇은 테의 안경을 끼고 있었다. 안녕하세요, 프루동 씨? 내가 쿠르베에 대한 기억을 더듬고 있자 그가 아크릴 광고판 속의 주인공에게 다가가 다리 하나를 뒤로 길게 쭉 빼놓으며 모자를 벗는 시늉을 했다. 〈안녕하세요, 쿠르베 씨〉라는 재밌는 그림이 있지요. 그가 쑥스러운 듯 내질 렀던 다리를 제자리로 수습하며 웃었다. 나는 그 그림을 본 기억이 난 다고 맞장구쳤다. 그 그림은 '만남'이라는 제목을 겸하고 있지요. 많 은 사람들이 만남을 떼버리고 기억하고 있지만요. 그는 쿠르베에 대 해 꽤나 박식해 보였다. 여기에서 멀지 않은 오르낭이라는 마을에서 태어나 이곳 브장송에서 학업을 마치고 파리에 가서 집에서 하라는 법학은 안 하고 그림 공부에 빠져 살았답니다. 버스정류장이 등뒤로 멀어졌고, 발길은 인권 광장 모퉁이로 접어들고 있었다. 세상의 아들 들이 다 그렇지요. 광장에서 벗어나 의과대학 건물의 육중하고 긴 벽 돌담을 지나가며 내가 한마디 거들었다. 그러자 그가 숨기고 있던 비 밀을 털어놓듯 내 눈치를 슬쩍 보며 말했다. 사실, 오후에 잠깐 전시 회에 다녀왔어요. 나미씨가 들어오면 함께 가려고 했는데 폐장시간이 임박해서 갔어요. 내일 출발 전에 들르기에는 여유가 없을 것 같았고 요. 화가 중에 유일하게 쿠르베를 좋아했거든요. 그가 변명하듯 말이 길어지자 나는 중간에 말을 끊고, 잘했다고, 그림을 잘 알지는 못하지 만 쿠르베라는 화가의 몇 작품을 알고 있다고 말했다. 파리의 오르세 미술관에서 보았던 몇몇 작품을 기억하고 있었다. 특히 여자의 음부 만을 사실적으로 화폭에 담은 〈세상의 기원〉이라는 작품을 처음 보았 을 때는 당혹스러움과 함께 화가의 대담한 창의력에 충격을 받았었 다. 화가 같은 예술가는 세상의 무엇을 보고, 어떻게 해석하며, 어떤 의미를 부여하는가, 라는 생각을 제법 진지하게 했었다. 본 대로 그린 다. 그것이 쿠르베의 확고한 신념이었다지요. 프루동의 민중지향적인 사회주의 개혁 사상이 쿠르베의 그림에 투영되어 있는 현장을 오늘 확인했습니다. 그는 전시회에 만족했던지 말을 많이 했고, 그럴수록 자신의 감정과 신념에 충실해 보였다.

J. E. A. N. 제 이름 '장'을 한국어로 어떻게 읽나요? 산책이 끝나갈 무렵, 호텔이 건너다보이는 두 강변에 이르자 그가 물었다. 진이 되겠네요. 진. 그는 내 발음을 따라 부르며, 한국에는 진이라는 이름이 있느냐고 다시 물었다. 물론. 외자로 진이라는 이름이 있기도 하고, 희진, 미진, 성진, 하진, 유진 등 두 글자 중 끝이 진으로 끝나는 경우, 줄여서 끝 자를 부르는 경우도 있다고 말해주었다. 참고로 한국에서의 이름은 보통 두 글자, 성과 함께 세 글자를 사용하는 것이 관례라고 덧붙였다. 다리 입구에서 그는 할말이 남았던지 선뜻 다리로 들어서지 않았다. 재밌는 이야기 하나 할까요? 내가 궁금한 듯이 그를 바라보자 그가 씩, 웃으며 말했다. 아까, 쿠르베 전시회에 가느라 다리를 건너고 있었어요. 그런데 앞에서 걸어가고 있던 한 청년이 강물로 뛰어내리는 겁니다. 그는 놀라운 이야기를 담담하게 했고, 나는 담담하게 듣다가 놀라면서 오후에 요란하게 사이렌 소리를 내며 달려가던 소방차와 앰뷸런스의 의미를 깨달았다. 그런 거죠, 인생이. 그는 흐르는 강물에 꽂았던 시선을 돌리며 발길도 함께 돌렸다. 나도 그런 시절이 있었죠. 지금은 신기루처럼 가물가물해져서 싱거운 웃음만 나오는. 그가 자못 심각해지려는 순간, 내가 호텔 창문으로 멀리 건너다보던 시타델을 가리키며 외쳤다. 저 위에 올라갈 수 있을까요? 두 강은 두 팔로 도시를 감싸듯 에돌아 흐르고 있었는데, 유일하게 물길이 닿지 않는 한쪽은 높다란 언덕으로 성벽이 둘러쳐져 있었다. 브장송

을 요새 도시로 특징짓는 성벽이었다. 이곳에서는 그것을 시타델이라 불렀다. 어둠에 잠긴 도시와 하늘을 성벽을 따라 설치된 조명의 환한 불빛들이 띠를 이루며 수평선처럼 가르고 있었다. 스탕달은 『적과 흑』에서 브장송을 어떻게 묘사하고 있던가요? 그의 짐작과는 달리 내가 브장송에 온 것은 『적과 흑』의 무대를 찾아서가 아니었다. 그렇다고 그의 기대를 저버릴 생각은 없었다. 그는 나에 대해, 그러니까 나의 삶, 나의 과거, 심지어 이번 여행의 목적에 대해 묻지 않았고, 그런 그에게 자유로움과 호감을 느꼈다. 보이는 대로 그는 생각할 것이고, 나 또한 그에 대해 그러할 것이었다. 프랑스에서 가장 예쁜 도시 중의 하나라고 썼더군요. 오로지 출세욕에 사로잡힌 청년 쥘리앵 소렐이 가정교사로 자신을 고용한 레날 시장의 부인과의 관계가 탄로나자 자신을 총애하던 셀랑 신부의 주선으로 브장송의 신학교에 들어가기 위해 처음 브장송에 도착했던 장면을 떠올렸다. 멀리 보이는 산마루 위로 검은 성벽이 눈에 띄자, 문제의 청년 쥘리앵 소렐이 한숨을 내쉬며 '만일 이 고상한 전쟁도시를 지키는 연대의 소위로 왔으면 얼마나 다른 모습이었을까' 하고 상상하는 장면 따위. 소설의 무대를 답사하려는 의도가 없었음에도 강에서 도심으로 들어서자 발길이 소설 속 주인공의 행로를 따라 이어졌다. 일찍이 프랑슈 콩테 지방의 중심으로 군사적으로, 또 예술적으로 전통이 깊었지만 걸어서 반나절이면 어느 정도 도시를 파악할 수 있을 것 같았다. 워낙 작은 도시였다. 좁은 골목을 벗어나자 메주방 거리였고, 다시 조금 걸어올라가자 프랑슈 콩테 대학 문학부가 나왔다. 두 짝의 붉은 나무문은 굳게 잠겨 있었고, 검은 새끼 고양이와 어미 고양이가 그 앞을 지키고 있었다.

엑스레뱅의 엑스 오리앙탈 호텔. 나미의 여행은 중반에 이르렀다. 앞으로 안시의 임페리얼 팰리스 호텔, 스트라스부르의 메종 루주 호텔, 랭스의 카테드랄 호텔이 기다리고 있었다. 엑스 오리앙탈 호텔은 주인이 티베트 불교에 홀린 사람들인지 입구에 부처의 석상이 모셔져 있었고, 방의 인테리어와 구조가 동양적으로 섬세하게 꾸며져 있었다. 사십대 초반으로 보이는 여성이 꼼꼼하게 체크인 업무를 보았고, 더불어 차고에 차를 넣는 일과 도심의 유익한 관광 정보까지 간결하면서도 매우 친절하게 설명을 했다. 여행을 오래 해온 사람임을 알 수 있었고, 그런 만큼 자신의 호텔을 찾아온 여행객들에게 최선을 다하려는 마음 씀씀이가 느껴졌다. 그르노블에서 일찍 출발해서인지 중간에 사부아 지방의 중심도시 샹베리를 거쳐왔는데도 시계를 보니 오후 네시였다. 해가 중천에 떠 있었다. 방에 들어가자마자 샤워를 했고, 잠시 침대에 등을 댄다는 것이 그대로 잠이 들었다. 루소가 십 년 가까이 머물며 그의 중요한 저작인 『고백록』을 저술했다는 샤르메트의 집을 찾아가느라 두 시간여를 땡볕 아래 고생했던 여파였다. 깨어나보니 사위가 어두워지고 있었고, 시장기를 느꼈다. 나미 생각에 용수철처럼 침대에서 몸을 튕겨 일으켰다. 시계를 보니 여덟시가 넘었다. 내선전화로 그녀의 방에 전화를 걸었다. 전화를 받지 않았다. 그녀의 방 앞에 가서 노크를 했다. 문이 열리지 않았다. 카운터로 내려갔다. 메모가 남겨져 있지 않았다. 방으로 올라와 냉장고에서 캔맥주를 하나 꺼냈다. 그녀를 기다리다가 한 번도 본 적이 없는 내 어머니를 생

각했다. 이름이 미자라고 했던가. 나는 완강하게 고개를 저었다. 냉장
고에서 캔맥주 하나를 더 꺼내 마시려는데 옆방의 문이 열리고 닫히
는 소리가 들렸다.

　밤이면 나미와 산책을 했다. 산책은 두 시간, 어느 때는 세 시간씩
계속되었다. 서머타임이 시행되어 밤 열시가 되어야 어두워졌으므로
우리가 산책을 마치고 호텔로 돌아왔을 때는 자정이 넘거나 새벽 한
시경이었다. 엑스레뱅은 어린 시절 부모님을 따라 한 번 왔었다. 작은
마을이지만 호수와 온천 휴양지로 프랑스는 물론 유럽 각지에서 사람
들이 몰려드는 곳이었다. 부모님과 함께하는 여행이 그렇듯이 왔었
다는 사실 이외에 기억에 남아 있는 것이 거의 없었다. 양부모였지만,
두 분은 내가 균열을 느끼지 않도록 애정과 관심을 쏟았다. 그분들의
배려 때문인지, 성격 때문인지 나는 양아들이라는 의식 없이 자유롭
게 자랄 수 있었다. 외항선원이었던 아버지, 조르주 메이에를 쏙 빼닮
은 것이 다행이었다. 양부는 늘 입버릇처럼 말했다. 그는 아버지의 형
으로, 내가 입양되기 전까지 아이가 없다가 나를 입적시킨 이후 내리
셋을 낳아 자식 부자가 되었다. 여름이면 보름씩 대부대를 이끌고 지
방으로 여행을 갔다. 대부분 프랑스 남부에 별장을 가지고 있는 친척
집으로 몰려가곤 했는데, 날짜가 맞지 않을 때에는 엑스레뱅과 같은
론-알프스 지역의 휴양지로 떠나곤 했다. 라마르틴의 시 「호수」의 무
대인 부르제 호수조차 기억에 남아 있지 않은 것으로 보아 의무적인
동행이었을 가능성이 컸다. 엑스레뱅과 나미 사이에는 어떤 사연이
있는 것일까. 지금까지 거쳐온 호텔들에서 나미는 특별한 행동을 보

이지 않았다. 호텔에 대한 꼼꼼한 연구와 관찰, 기록 따위를 전혀 하지 않았다. 보통의 여행자처럼 그저 투숙할 뿐이었다. 나미가 어떤 기준으로 도시를, 아니 호텔을 정한 것인지 궁금해지는 순간들이 있었다. 그러나 그럴 때마다 그녀의 붉은 수첩을 떠올리고는 생각을 바꿨다. 여행이 끝날 때쯤이면 알게 될 것이라고 생각했다. 걸을 때면 나미가 콧노래를 흥얼거렸다. 한 번, 두 번 듣다보니 내 귀에도 익었다. 나미에게 노래를 물었다. 그녀는 옛날 '나미'라는 한국의 여가수가 불러 히트했던 〈인디언 인형처럼〉이라고 대답했다. 옛날이면 언제를 뜻하는 거냐고 다시 묻자, 나미는 십 년 전, 아니 이십 년 전이라고 건성으로 말했다. 트레세르브 언덕을 넘어가면 호수였다. 밤의 호수. 알프스의 빙하가 녹아내린 물. 멀리 호텔에서 바라볼 때보다 경사가 있었다. 호수로 가는 길이 은근히 멀었다.

*

언덕길을 걸어갈 때 옷에 땀이 뱄다. 그는 언덕을 넘어가면 호수라고 했다. 긴 타원형 모양의 언덕을 에돌아 길이 나 있었다. 호텔에서 나올 때는 산책이 길어지리라고 생각하지 않았었다. 역 앞에 있는 호텔이라 역에 들러 막 도착하고 떠나는 사람들을 바라보다가 철길과 나란히 걷기 시작한 것이 철길 건너 언덕으로 이어진 것이었다. 숨이 차올라 주춤하는 듯하자 그는 중간중간 세워진 표지판을 가리키며 조금만 가면 된다고 했다. 그것이 세번째 계속되고 있었다. 우리 이외에 언덕을 오르는 사람은 없었다. 가끔 오토바이를 탄 소년이나, 속도를 내며 달려가는 자동차 몇 대가 전부였다. 언덕 너머에는 라마르틴의 「호수」의 현장이 있다고 안내판에는 써 있었다. 시가 죽었군요. 라마르틴을 찾아오는 사람이 이렇게도 없다니. 도심의 골목과 식당에는 발 디딜 틈 없이 관광객들로 꽉 차 있었다. 그들 중 한 명도 호수를, 시를 생각하는 사람이 없다니. 그는, 아니 우리는 문학도도 아니면서 어쩌다 라마르틴의 「호수」를 찾아가는 열혈 팬이 되어 있었다. 나도 모르게 〈인디언 인형처럼〉을 흥얼거렸다. 그가 무슨 노래냐고 물어왔다. 마음의 비밀을 들킨 것처럼 순간적으로 놀랐다. 그에게는 그냥 십 년 전, 아니 이십 년 전쯤 한국에서 유행했던 노래라고 건성으로 대답해주었다. 이십 년 전엔 나미라는 가수가 불렀고, 십 년 전에는 핑클이라는 걸그룹이 리메이크한 곡이었다. 나는 핑클이 부르는 것을 처음 듣고 나미의 노래를 인터넷에서 찾아 들었다. 그때 나는 실연중이었다. 아니, 결혼 직전 파혼 상태였다. 소설 쓰는 남자를 만나는 것이 아니었다. 강지섭은 대학 동창 결혼식 뒤풀이에서 내가 〈인디언 인형처럼〉을 부르는 것을 본 뒤, 석 달 동안 집요하게 구애를 해왔었다. 그리고 석 달, 불처럼 연애를 했고, 또 석 달, 이전보다 더 집요하게 구혼을 해왔었다. 그는 소설을 쓸 때면 늘 『적과 흑』을 옆에 펼쳐놓았고, 소설을 좋아하지 않는 나는 언제나 제목만을 쳐다볼 뿐 그것을 펼쳐보지 않았다. 소설 쓰는 남자와의 결혼은 쉽지 않았다. 부모를 설득시키는 데 일 년이 걸렸다. 마침내 결혼을 결정하고, 날을 잡고, 결혼식 삼 일 전, 그는 바람처럼 사라졌다. 하늘이 갑자기 텅 비어버린 듯했고, 생각이라는 것이 뇌에서 쑥 빠져나가버린 듯했다. 그리고 일 년이 흘렀고, 십 년이 흘렀다. 그가 결혼식 삼 일 전에 사라지지만 않았어도 나는 그와 결혼해서 아이 둘쯤은 낳고 살고 있을 것이었다. 그는 한 달 전, 사라진 지 십 년 만에 죽어 돌아왔고. 그가 남긴 몇 가지 사소한 유품 중에 프랑스의 호텔 주소들이 적힌 붉은 수첩이 들어 있었다. 워워워워워워워. 이마와 콧등에 땀이 맺혔고. 나는 기운을 내서 나미의 노래를 흥얼거렸다. 그의 말대로 언덕을 넘어온 만큼 걸어 내려가니 한 그루 밤나무 아래 시인이 기다리고 있었다. 시인의 친구들이 뜻을 모아 시인의 두상頭像을 청동으로 떠서 석대 위에 세워놓은 것이었다. 시인은 밤나무 그늘 아래에서 부르제 호수를 바라보며 「호수」를 구상하고 썼다고 새겨져 있었다. 그가 아이폰을 꺼내 「호수」라는 시를 찾으려고 하자 나는 그의 손길을 막았다. 나중에요. 다시 언덕을 넘어 호텔로 돌아오는 길은 갈 때보다 멀지 않게 느껴졌다. 호텔이 있는 엑스레뱅 중심가가 별 무리처럼 반짝였다. 밤 열한시, 어두운 언덕길을 타박타박 걸어내려오며 〈인디언 인형처럼〉을 콧노래로 불렀다. 그가 듣기 좋다며 후렴구를 따라 불렀다.

*

　랭스 카테드랄 호텔. 니스에서 시작된 나미의 호텔 여행은 끝나가고 있었다. 창문을 열자 이름과는 달리 대성당은 보이지 않고 흐린 하늘 아래 잿빛 지붕과 굴뚝들이 눈에 들어왔다. 어제 스트라스부르에서 오후 늦게 출발한데다가 베르됭을 경유해서 오느라 자정 가까이 랭스에 도착했다. 고속도로를 빠져나와 랭스로 진입해서 도로 표지판이 가리키는 대로 무조건 대성당을 향해 가니 단번에 투숙할 호텔을 찾을 수 있었다. 그런데 어찌된 일인지 호텔은 불이 꺼진 채, 문이 잠겨 있었다. 호텔 바우처를 찾아 규정을 살펴보니 아홉시 이전까지 체크인을 하도록 명시되어 있었다. 할 수 없이 전화를 걸어 잠든 주인을 깨웠다. 노부부가 운영하는 호텔이었고, 엘리베이터는 없었다. 그리고 예약된 나미의 방 이외에 남은 객실이 없었다. 내가 난처한 표정으로 다른 호텔을 잡아야 할지 갈등하는 사이 나미가 나에게 키를 건네주며 올라가자는 신호를 보냈다. 잠에서 덜 깬 주인장은 좁은 나선형 계단을 가리키며 운동에 좋다고 주먹을 쥐어 파이팅을 외쳤다. 객실 문을 여는 순간 까다로운 프랑스 호텔 허가 기준에 맞추기 위해 노력한 흔적을 곳곳에서 확인할 수 있었다. 그동안 순례해온 호텔들과 비교하면 매우 옹색하다고 느껴질 만큼 비좁은 방이었다. 나미가 세안을 마치자 나는 옷장에서 여분의 이불을 꺼내 침대 아래 깔았다. 옛날 생각이 나는걸요! 한창때는 아비뇽으로 에든버러로 축제를 좇아 조금이라도 연관 있는 친구네 집으로 몰려가 한방에 매트리스를 깔고 열 명까지 잔 적이 있지요. 나미는 조용히 침대에 누웠고, 나는 수다스러울 만큼 옛날의 추억을 중얼거렸다. 나미와의 마지막 밤이었다. 나미의 숨소리를 가까이 들으며 잠이 들고 싶은 마음이 굴뚝같았으나, 한편으로 밤이 새도록 이야기를 하고 싶은 마음도 간절했다. 대화가 끊어지고 침묵이 흐르면 지금까지 이성적으로 유지해온 관계의 균형이 깨질 수도 있었다. 그것은 모험이었다. 그것을 조금이라도 즐기는 데 정신이 팔렸던 시절도 있었다. 지금은 모험보다는 모험 이후의 어떤 흐름, 인생에 관심이 쏠렸다. 지금 이 순간, 이대로의 모든 것.

*

대성당을 돌아보고 들어오니, 그는 보이지 않고, 모자 두 개가 침대 베개 밑에 나란히 놓여 있었다. 하얀 모자는 왼쪽에, 붉은 체크무늬 모자는 그 옆에. 흰 모자에는 자주색 머플러가, 그리고 붉은 체크무늬 모자에는 흰색 머플러가 구색을 갖추고 있었다. 붉은 체크무늬 모자는 나를 위해 브장송 모자가게에서, 하얀 모자는 그를 위해 스트라스부르 아침 시장에서, 그리고 머플러들은 안시의 아침 시장에서 각자를 위해 산 것들이었다. 체크아웃을 위해 정리를 하는데 『적과 흑』이 보이지 않았다. 브장송을 떠난 이후 안시에선가 스트라스부르에선가 호텔에 두고 온 것 같았다. 책이란 읽어버리든가 잃어버리게 마련이었다. 아쉽다기보다 홀가분했다. 창밖의 하늘은 구름이 걷히고, 파란 하늘 아래 잿빛 지붕과 붉은 굴뚝들이 실로폰처럼 경쾌하게 보였다. 머리 위에서 새 한 마리가 지붕에서 지붕으로 날아갔다.

*

나미가 탄 비행기가 상공으로 이륙했다. 나는 나미가 한국인 여성이라는 것 이외에 그녀의 나이도, 살고 있는 도시도 알지 못했다. 그녀와 함께한 열흘만이 나에게 남았을 뿐이다.

*

　나는 그의 이름을 안다. 그가 무슨 일을 하는지도 안다. 그리고 삶에 대한 그의 약간의 태도와 몇 가지 기호들도 안다. 그에 관해 더 알려고 하면 책상 위에 놓여 있는 스마트폰을 켜고 검색을 해보면 된다. 지난여름 열흘간, 수첩에 적힌 대로 프랑스의 호텔들을 순례했다. 강지섭이 십 년 전 그 호텔들에 묵었던 이유 따위는 나에게 중요하지 않았다. 그가 머물렀던 십 년 전이라는 시공간은 나에게 화석일 뿐이라는 사실을 확인한 것으로 충분했다. 다행이라면 십 년 전의 그 호텔들이 그대로 존재하고 있다는 것. 강지섭의 붉은 수첩은 비행기를 타기 직전 공항 쓰레기통에 던져버렸다. 그 속에 장 메이라는 남자의 명함도 들어 있었다. 그렇게 여름은 지나갔다.

오 후 의

기 별

물소리, 그것은 노 젓는 소리였다.

*

사방에서 자동차 경적 소리가 요란하게 울렸다. 박은 경적 소리가 자신을 향해 울리고 있음을 깨닫지 못하고 있었다. 마치 헤드폰을 끼고 있는 것처럼 세상의 소음으로부터 차단된 채 귓속에 흐르는 물소리에 빠져 시청 앞 횡단보도에 서 있었다. 경적 소리를 자각하기까지 그는 눈을 감고 있었다. 특별히 눈을 감은 기억이 없는 걸로 보아 눈 깜짝할 사이에 그에게 무슨 일이 일어났던 모양이었다. 근래 그에게 가끔 일어나는 현상이었다. 몇 년 전 경비행기 착륙 도중 있었던 경미한 뇌진탕의 후유증이 뒤늦게 나타나고 있는지도 몰랐다. 눈을 감기 전에 그는 분명 횡단보도를 건너가던 중이었다. 그리고 전화를 받다가 끊겼다. 전화를 받기 직전 스마트폰 화면에서 확인한 시간은 오후 세시 삼십삼분. 귓속으로 진공 막을 뚫고 나오는 듯한 분절된 목소리가 불쑥불쑥 들렸다가는 아득하게 사라졌다. 그리고 그의 발걸음은 횡단보도 한중간에 멈춰져 있었다. 뜻하지 않게 교통 장애를 일으키고 있는 자신을 발견한 박은 서둘러 횡단보도를 건너가려고 했다. 그러나 한꺼번에 울리는 경적 소리는 귓속에 회오리를 일으키며 또다른 진공 막을 형성했다. 맥박이 빠르게 뛰기 시작했다. 갑자기 외로움이 엄습했다. 그는 순간적으로 뻗어나가려는 발걸음을 본능적으로 잡아끌었다. 대신 머릿속으로 하늘의 법칙을 주문처럼 떠올렸다. 법칙 2. 오 분 전에 생각했던 장소 이외의 곳으로 가게 하지 말라. 그것은 십 년째 그의 신념과 같았다. 이어 법칙 22. 주위를 둘러보는 것을 게을리하지 말라. 항상 무언가 당신이 보지 못한 것이 있다. 그리고 마지막, 법칙 23. 중력은 법칙이다. 이것은 누구도 피할 수 없다. 하늘의 법칙은 뇌리에 박혔다가 그가 난관에 처할 때면 간헐적으로 출몰했다. 처음 경비행기 이륙에 도전하면서 뇌에 새기듯이 외웠던 스물세 항목 중 서너 가지 항목이 남아 그의 삶을 지배했다. 잡아먹을 듯이 사방에서 으르렁대던 자동차의 경적음이 일시에 고요해졌다. 어느덧 신호가 초록색으로 바뀌어 있었다. 박은 방금 걸려온 전화 속의 목소리가 오래전 소식이 끊겼던 네팔의 김다이임을 생각해냈다. 닿을 듯 말 듯 겨우 전달된 한마디는 "갸가 갔다"였다. 그는 갑자기 들려온 물소리가 전화를 받기 전부터 시작되었는지, 아니면 전화를 받은 직후부터였는지 분간을 할 수 없었다. 박은 횡단보도를 마저 건너면서 김다이의 말을 되뇌었다. 갸.가.갔.다. 노가 물결을 스치고 물속으로 들어갔다가 물결을 밀치며 허공으로 빠져나오는 소리. 노가 일으키는 물소리가 규칙적으로 귓전에 울렸다. 오 분 전에 생각했던 장소 이외의 곳으로 가게 하지 말라. 물소리의 공명이 커질수록 법칙을 소리내어 되풀이했다. 그러나 그는 오 분 전에 생각하지 않았던 곳으로 가야 한다는 것을 직감했다.

*

박은 사공이 노 젓는 조각배를 타고 천천히 강을 따라 내려갔다. 김 다이의 전화를 받을 때까지만 해도 네팔행 비행기에 몸을 실으리라고는 생각하지 못했다. 게다가 이 어스름한 새벽 조각배를 타고 처연히 들려오는 노 젓는 소리에 귀를 내주리라고도 생각하지 못했다. 며칠 동안 네팔에 다녀온다고 혜우에게 말하지 않은 것이 마음에 걸렸다. 혜우가 아무리 아량 있는 여자라 해도 이번 경우까지 곱게 받아들일 수는 없을 것이었다. 어쩌면, 이번 네팔행으로 느슨하게나마 몇 년째 좋은 관계를 유지해오고 있는 혜우와 헤어지게 될지도 몰랐다. 박은 흘러가는 강물을 바라보았다. 조각배들이 가까워졌다가 멀어졌다가 다시 가까워졌다. 금잔화 꽃잔이 강물 위에 띄워졌다. 한 송이 두 송이 꽃 잔마다 촛불이 타고 있었다. 물결이 붉게 물들기 시작했다. 맞은편 하늘에서 해가 떠오르고 있었다. 조각배들이 미끄러지듯 해를 향해 나아갔다. 새들이 날갯짓을 하며 조각배들을 에워쌌다. 조각배에 탄 사람들은 일제히 해를 바라보고 있었다. 새들이 서로 먹을 것을 쟁취하느라 소란한 날갯짓 사이사이 여기저기에서 플래시가 터졌다.

박은 해를 등지고 묵묵히 조각배가 나아가는 방향을 응시했다. 금잔화 꽃가루들이 오물들 사이로 떠가고, 강 왼편 언덕에서 흰 연기 기둥이 피어오르고 있었다.

*

'걔', 그러니까 그녀를 박이 처음 본 것은 십 년 전 네팔의 산정 호수마을에서였다. 금잔화가 줄지어 황금빛으로 피어 있던 봄날 오후였다. 그가 식당의 허름한 유리문을 밀치고 들어서자, 주방의 작은 배식구 틈새로 꼬치 굽는 연기가 가물가물 피어오르고 있었다. 그는 막 사랑코트에서 마운틴플라이트를 기분좋게 마치고 페와 호수로 내려온 참이었다. 안나푸르나 산중에서의 칩거생활을 접고, 한 달째 호수 옆에 머물고 있던 김다이가 기다렸다는 듯이 박의 손을 잡아끌었다. 그에게 소개해주고 싶은 꼬치구잇집이 있다고 했다. '다이'는 안나푸르나 현지 산악 안내인들 사이에서 사용하는 존칭으로 대형大兄을 뜻했다. 마흔 살 중반에 히말라야로 와서 이십 년째 머물고 있다는 그는 스무 살 청년에게도, 쉰 살 중년에게도 국적 불문하고 김다이로 통했다. 그는 때로는 아들처럼 또 때로는 아우처럼 박을 찾았다. 그렇잖아도 볼그족족한 두 뺨이 그날따라 벌겋게 상기되어 있었다. 벌써 한잔 걸친 모양이었다. 김다이는 한번 자리를 잡고 술을 마시기 시작하면 맥주든 락시든 이박 삼일 이어지는 게 보통이었다. 김다이가 박의 귀에 대고 속삭인 '꼬치구잇집을 소개시켜줄게'라는 말은 '처녀를 소개시켜줄게'라고 하는 것처럼 은밀하게 들렸다. 벌써 꼬치집 단골이라

106

도 된 듯 김다이가 '여기 꼬치 한 접시!' 하고 주방에 대고 외쳤다. 꼬치집은 과연 김다이를 깍듯이 모시는 현지 산악 안내인들만이 단골로 드나드는 식당이었다. 너덧 개의 둥근 테이블에 두세 명씩 두 팀이 앉아 있었고, 그들 중 이방인의 얼굴은 보이지 않았다. 식당 안을 쩌렁쩌렁 울리는 김다이의 호쾌한 목소리에 박도 덩달아 불끈 힘이 솟으며 유쾌해졌다. 그는 마른 입맛을 다시며 의자를 당겨 둥근 테이블에 바짝 다가앉았고, 방금 김다이가 우렁차게 '꼬치 한 접시!'를 외친 주방 쪽으로 슬쩍 눈길을 던졌다. 그리고 그 순간에 못박히듯 그의 시선은 고정되었다. 가물가물 피어오르는 흰 연기 속에서 한 소녀가 꼬치를 굽고 있었다. 그는 그날 꼬치를 먹기는 먹었는지, 또 에베레스트 맥주맛은 기대만큼 상쾌했는지 전혀 기억나지 않았다. 오직 그 순간, 보일 듯 말 듯 연기 속에 아른거리던 한 소녀의 영상만이 생생하게 떠오를 뿐이었다. 그날 이후 박은 날마다 유리문을 밀치고 들어가 같은 자리에 앉았고, 소녀는 눈을 지그시 내리깐 채 꼬치를 굽는 처음 모습 그대로 한결같았다. 그리고 스물여섯 살의 그가 서른 살이 되도록 소녀와 그의 풍경은 변하지 않았다. 그사이 소녀는 그녀가 되었고, 그는 그곳을 떠나지 못했다.

*

그녀의 이름은 소누였다. 박은 누군가의 삶이, 또는 그 사람의 근원이 누군가의 운명을 바꿀 수도 있으리라고는 그녀를 만나기 전까지 전혀 생각하지 못했다. 그런 일은 소설이나 영화에나 나오는 일이라고 피상적으로 생각했다. 당시 그는 혈기 넘치는 건장한 청년이었고, 뒤를 또는 주변을 돌아볼 만한 나이가 아니었다. 그는 오로지 앞을 향해 나아갈 뿐이었고, 그만큼 자기 아닌 누군가를 깊이 생각해본 적이 없었다.

그날 자정 무렵 박은 포카라의 김다이로부터 두번째 전화를 받았다. 서울과 시차가 세 시간 십오 분, 그는 늦은 저녁을 겸하여 락시 잔을 기울이고 있었다. 그때나 지금이나 김다이는 소누를 '갸'라고 불렀다. 박에게 그녀는 안나였다. 그녀를 만난 포카라를 내려다보고 있는, 포카라 사람들이 여신으로 올려다보고 있는 안나푸르나.

"얀마, 갸가 갔다고!"

김다이는 코를 팽, 소리나게 풀었고, 박은 잠자코 듣고만 있었다. 하늘의 법칙 대신 '안나가 갔구나'라는 말이 입속에 맴돌았다. 오후에 박에게 기별을 보낼 때 김다이는 페와 호수에서 조각배를 타고 있었다고 했다. 그는 요즘 일주일에 한두 차례 여행객을 태우고 노를 저었다. 돈을 벌기 위해서라기보다 호숫바람을 쐴 겸 운동 삼아 사공 일을 대신해주는 것이었다. 그 수법은 사실 박이 시작했었다.

박은 바랄람이라는 사공을 사귀어 수시로 조각배를 타고 호수를 돌았다. 손님이 있을 땐 손님을 태우고 멀리 물고기 꼬리 형상의 마차푸츠레의 실루엣을 더듬으며 유유하게 노를 저었고, 손님이 없을 땐 자유자재로 물결의 속도를 타며 호수 곳곳을 돌았다. 한창 민감하던 중학생 때 어머니를 여의고, 늘 무뚝뚝한 표정으로 차가운 유리만 만지는 아버지 손에서 자라서인지 그는 찰랑이고 흐르고 철썩이고 여울지는 물소리가 좋았다. 특히 찰랑이는 물결을 따라 노를 비스듬히 물속으로 찔러넣었다가 재빨리 물결을 밀치며 사뿐히 허공으로 들어올릴 때의 완급과 완력의 느낌은 울적한 그를 기분좋게 만들어주었다. 한번 노를 잡으면 한 시간이고 두 시간이고 호수 위에 떠 있었고, 잔잔하게 흐르는 물결 소리를 듣고 있다보면 꽉 막혔던 가슴이 얼음 녹듯이 사그라졌다. 산들이 앞서거니 뒤서거니 호수를 에워싸고 있어서인지, 히말라야 설봉에서 흘러내린 물위를 떠다니고 있어서인지, 마치 어머니의 품에 안긴 듯 편안하고 아늑했다.

"자네한테는 전해줘야 할 것 같았지."

박이 선뜻 뭐라 할 말을 찾지 못하고 있자, 김다이가 짧게 헛기침을 했다.

"내가 실수한 건가?"

김다이는 혼잣말하듯 목소리를 깔고 되물었다. 박은, 망설이다가 침을 한 번 삼키고 그녀가 언제 갔느냐고 물었다. 김다이는 아까 그에게 전화하던 오후였다고 말했다. 그리고 덧붙였다.

"내일, 화장할 거라네."

박이 아버지가 위독하다는 기별을 받고 잠시 다녀오겠다고 말하고 한국으로 간 뒤, 김다이는 안나푸르나로 하안거夏安居에 들어갔다. 오 개월 만에 호수로 내려와 꼬치집을 찾아갔는데, 주인이 바뀌어 있었고, 갸는 보이지 않았다. 몇 번 식당을 바꿔가며 갸를 찾아보려 했지만, 행방이 묘연했다. 그가 갸를 다시 만난 것은 한 달 전이었다. 그 사이 시간이 오 년 넘게 흘러 있었다. 우연히 사랑코트 전망대 근처 식당으로 점심을 먹으러 갔다가 갸의 어머니를 봤고, 딸의 행방을 물으니 사랑코트 아래 움막집에서 알 수 없는 병에 걸려 수년째 시름시름 앓고 있다고 했다.

"하이고, 도대체 갸 나이가 몇이야. 이제사 시퍼런 청춘인데."

박에게 안나는 피어오르는 연기 속에서 꼬치를 굽던 열일곱 소녀로 영원히 남아 있었다.

"시집도 안 간 모양이야. 그 어여쁜 얼굴로 꼬치밖에 더 구웠겠나, 하이고."

김다이는 가슴에 타다 만 불길이 다시 솟구치는지 주먹으로 가슴팍을 팍팍 쳐대는 것 같았고, 박은 조용히 전화를 끊었다.

운무로 마운틴플라이트를 나가지 않을 때면 어김없이 김다이는 "오늘은 갸한테 안 가나?" 하고 박의 방문을 노크했다. 주방에서 꼬치를 구울 뿐 한 발짝도 밖으로 움쩍달싹할 수 없는 소녀를 엿보는 일은 처음엔 벅찬 기쁨이었는데, 날이 갈수록 고통이 되었다. 고통은 천근만근 청년의 심장을 짓누르는 바윗덩어리가 되었고, 그 무게를 견딜 수 없을 때면, 페와 호수로 달려갔다. 그리고 조각배를 타고 하염없이 노를 저어 물결을 따라 흘러다녔다. 노가 물결을 스치고 물속으로 들어갔다가 물결을 밀치며 허공으로 빠져나오는 소리. 검붉게 물결을 물들이던 석양이 히말라야 산 너머로 사라지면 금세 어두워졌고, 그는 조각배에 몸을 실은 채 호수 어둠 한가운데에 가만히 누워 떠 있기 일쑤였다. 조각배는 때로 어머니의 뱃속 같기도 했고, 때로는 요람 같기도 했고, 또 때로는 관 같기도 했다. 잔잔히 좌우로 흔들리는 물결은 그의 마음을 한없이 편안하게 어루만져주었다.

*

박은 다음날 아침 사무실에 도착해 비행기 티켓을 예약하고, 평소처럼 컴퓨터를 켜서 간밤에 들어온 주문장을 확인했다. 각종 다양한 유리 샘플들이 진열되어 있는 가게 한켠에 그의 책상이 있었다. 의자를 돌려 자리에 앉으려는 찰나 유리에 비친 자신의 얼굴과 맞닥뜨렸다. 제대로 잠을 자지 못한데다가 면도도 하지 않아 초췌해 보였다. 주위를 둘러보는 것을 게을리하지 말라. 항상 무언가 당신이 보지 못한 것이 있다. 그의 등뒤 벽에 부착된 하늘의 법칙이 유리판에 그대로 담겨 있었다. 그것은 아버지의 장례식을 치르고 처음으로 유리가게 문을 열고 들어온 날 밤에 다짐처럼 써붙인 것이었다. 박의 아버지는 일흔을 열흘 못 채우고 돌아가셨다. 일찍 돌아가신 것은 아니나 그렇다고 편안하게 노년의 수를 누리신 것도 아니었다. 박은 일말의 죄책감을 느꼈다. 십 년 전, 아버지의 만류를 뒤로하고 박은 포카라로 떠났었다. 두번째 체류였고, 아버지의 간곡한 뜻을 생각해서 육 개월만 머물다 올 예정이었다. 처음 그가 포카라에 간 것은 군에 입대하기 전 대학 일학년 여름이었다. 휴학을 하고, 두 달간 인도와 네팔로 배낭여행을 떠난 것이 시작이었다. 인도를 거쳐 네팔로 들어오니 경비가 거의 다 떨어졌다. 마침 히말라야 준봉들과 마주하고 있는 일출 전망대 사랑코트에서 패러글라이딩 사업을 하던 한국인을 만나 한 달간 아르바이트를 했다. 어렸을 때부터 하늘을 나는 물체에 열광하며 플라모델로 비행기 조립을 해본 것이 뜻밖에 효과를 보았다. 그 경험이 자극제가 되어 군에서 조종 장학생으로 선발되어 세스나 과정을 수료

했다. 대학 졸업 후 그는 파일럿은 못 되어도 항공사에 취직하고 싶었다. 진로를 항공 쪽으로 잡으면서 아버지와 반목했다. 박은 기회가 닿는 대로 떠나려고 했고, 그것은 아버지에게 근심거리였다. 마흔 살에 늦둥이로 겨우 얻은 하나뿐인 아들에게 아버지는 집착이 각별했다. 가업으로 유리공장을 이어받아 안산에서 사십 년째 운영중이던 아버지는 을지로 공구상가 거리에 새 사무소를 냈고, 자리를 잡기까지 아들이 거들어주기를 바랐다. 전공 분야가 달라도 한참 달랐으나, 연로한 아버지의 뜻을 어기지 못해 취업을 할 때까지 틈나는 대로 출근하기로 했다. 사무소라고 해봤자 구멍가게만한 크기의 유리전문점이었다. 그러나 작다고 절대 무시할 게 아니었다. 을지로에 즐비한 공구상가들은 수도권에 공장 하나씩을 운영하는 중소기업체들이었다. 그가 주로 하는 일은 주문을 받고 안산의 본공장에 발주를 하는 것이었다. 일이 손에 잡히고 아버지도 흐뭇해할 무렵, 김다이로부터 전화가 왔다. 사랑코트에 경비행기 조종사 자리가 났다는 것이었다. 육 개월만 여행 삼아 다녀온 뒤, 아버지의 유리가게에서 일을 한다는 조건으로 박은 네팔행 비행기를 탔다.

*

살면서, 잊지 못할 순간을 몇 번이나 경험할까. 오래전 사랑코트에서 목도한 것은 박이 태어나 처음 접한 놀라운 광경이었다. 그는 다음날도, 그다음날도 새벽 네시면 숙소에서 일어나 두 시간씩 산길을 걸어 사랑코트에 올랐다. 그리고 그 순간을 기다렸다. 어둠 속에서도 히말라야의 연봉들은 고고하게 빛났고, 떠오르는 태양의 기운에 따라 웅장하게 제 모습을 드러냈다. 해가 어둠을 뚫고 제일 먼저 안나푸르나의 이마를 연붉빛으로 환하게 물들이며 떠오르는 순간이었다. 머리 위로 하늘과 히말라야 설봉들을 가르며 눈 깜박할 속도로 비행물체가 휘익 날아갔다. 그것은 매 같았고, 번개 같았다. 창공을 에돌아나가는 그것의 실체는 경비행기였다. 사랑코트에 올라 히말라야 설봉들과 그 봉우리들을 하나하나 붉게 물들이며 서서히 떠오르는 태양을 맞이하는 순간은 평생 한 번 경험할 수 있는 전율 그 자체였다. 그런데 더 높은 창공에서 그들 가까이 날며 하나하나 내려다보는 그 순간은 어떨까. 박은 상상만으로도 벅차오르는 감흥에 압도되었다. 그 순간 그의 입에서 터져나온 것은 "아름답다!"는 한마디였다. 박을 사로잡은 것은 떠오르는 태양보다도, 히말라야의 일곱 개의 봉우리보다도, 그 아래 어머니의 자궁처럼 아늑하게 펼쳐져 있는 포카라 마을보다도 매의 위용으로 쏜살같이 사라지는 이 인용 경비행기였다. 그리고 소녀. 잊지 못할 순간은 몇 번이고 올 수 있지만 운명적인 순간은 오직 한 번, 그녀를 처음 본 그 봄날, 금잔화가 황금빛으로 줄지어 피어 있던 그 오후 한때뿐이었다. 비행기가 카트만두에 가까워지면서 히말라야 설봉들이 파노라마처럼 기내 창 너머로 펼쳐지는 풍경을 오랜만에 내려다보면서 박은 그렇게 생각했다.

*

조각배는 흘러흘러 연기가 피어오르는 버닝 가트 쪽으로 갔다. 박에게는 소박한 꿈이 있었다. 평생 주방 한켠에서 꼬치를 구우면서 갇혀서 보낼 그녀에게 세상을 보여주고 싶었다. 하늘이 얼마나 파란지, 그 아래 태양은 얼마나 찬란한지, 그리고 바람은 얼마나 싱그럽고, 석양빛에 물든 금잔화꽃 물결은 얼마나 애잔한지 느끼게 해주고 싶었다. 박은 한 해 두 해 포카라의 경비행장에 파일럿으로 머물면서 방법을 찾았다. 그러나 아버지가 위독하다는 기별을 받고 귀국한 뒤로, 그의 발목을 유리공장이 잡고 놓아주지 않았다. 아버지가 돌아가시고, 부도 위기에 처해 있던 아버지의 유리공장을 정상화시키느라 사람들에게 끌려다니다가 녹초의 몸으로 자정 넘어 귀가하면 그대로 침대에 고꾸라져 잠이 들었다. 모든 것이 제자리로 돌아오는 데는 일 년 가까이 걸렸다. 유리가게에서 밤늦게까지 거래처 서류를 정리하던 날 밤, 박은 주위에 빙 둘러놓여 있는 유리거울에 비친 자신의 모습을 물끄러미 쳐다보다가 문득 일 년이란 시간을 헤아렸다. 히말라야 설산 준봉들을 발아래 내려다보며 해가 떠오르는 순간, 사랑코트를 이륙하던 파일럿 청년은 어디로 간 것일까. 몇 년 전, 서산 경비행장에서 경비행기를 타고 착륙하다가 경미한 사고를 당한 적이 있었다. 뇌진탕의 후유증은 없었으나, 그때 이후로 경비행기는 예전처럼 타지 않았다. 박은 사랑코트 파일럿의 순정한 꿈이었던 그녀를 생각했다. 단 하루도 그녀를 생각하지 않고는 보내는 날이 없을 정도로 자신을 사로잡았던 그녀의 존재가 신기루처럼 가물가물했다. 이대로 일 년이 더 흐르면 그녀는 아예 없었던 사람처럼 그의 인생에서 잊히고 말 것이었다. 박은 지워지려는 자신의 삶을 복원하려는 듯 그녀에 대한 기억을 불러내려고 애를 썼다. 그는 유리에 대고 안나, 하고 그녀를 불러보았다.

*

박에게 안나는 다가갈 수 없는 존재였다. 그는 온종일 꼬치를 굽는 연기 속에 언뜻언뜻 보이는 그녀의 얼굴을 손바닥만한 주방 배식구 틈으로 바라보기만 하고 돌아올 수밖에 없었다. 그녀는 얼굴을 드는 일이 없었고, 더욱이 그 좁은 주방 밖으로 걸어나오는 일도 없었다. 그녀의 아버지는 하리잔, 곧 불가촉천민 출신이라 소녀는 절대 주방 문을 나올 수 없다는 것이었다. 김다이에 따르면, 소녀의 아버지는 하리잔 중에서도 사르키, 죽은 소나 말을 처리하는 일을 했고, 어머니는 외국인을 상대로 현지인이 운영하는 꼬치집에서 청소를 했다. 어린 소녀는 어머니를 따라 꼬치집에 드나들다가 열세 살부터 꼬치를 굽기 시작했다. 박은 김다이가 있으나 없으나 매일 출근하다시피 꼬치집을 찾았다. 김다이는 소녀를 향한 박의 연정을 부추겨놓고 종내에는 뒷 짐을 지듯 혀를 차며 한마디 던졌다.

"한번 하리잔으로 태어나면 신분을 바꿀 수 없다는 걸 자네도 알지?"

박도 잘 알았다. 어쩌자는 것도 아니었다. 밤봇짐을 싸서라도 한국으로 데려가겠다는 용기도 없었다. 하루하루 아들을 기다리는 아버지를 생각하면 마음이 편치 않았다. 그러나 그녀에게 한번 꽂힌 마음은 어디로도 그의 발길을 돌리지 못하게 했다. 한때 저러다 말겠지 했던 것이 몇 년이 지나도록 변함이 없자 김다이는 틈틈이 박의 어깨를 툭 치며 너스레를 떨었다.

"지금은 21세기 아닌가. 들으니 인도 사람 중에는 신분을 바꿀 수는 없지만, 삶을 바꾼 사람들도 꽤 있다네."

사실 따지고 보면 김다이나 박이나 그녀의 신분을 논할 존재들이 아니었다. 그들의 종교적인 관습에 따르면, 외국인인 그들 역시 가까이 해서는 안 되는 사람들이었다.

"우습지 않은가? 우린 갸와 같은 신분이라구."

그런데 그녀가, 아니 그녀의 부모가, 아니 그녀와 그 부모를 둘러싼 그 땅, 그 하늘 아래가 문제였다. 김다이로부터 누차 전해듣다보니 박의 생각도 다르지 않았다. 안나는 거기에 있는 한 평생 꼬치만을 구워야 했고, 그가 아무리 그녀를 데리고 그곳을 벗어나려 해도, 정작 당사자인 그녀가 꼼짝하지 않을 것이었다. 그녀는 지금 이 순간이 아니라 언젠가는 맞이할 사후에 사로잡혀 있는 것이었다. 김다이와의 대화는 어떤 이야기를 나누어도 결국 중심이 안나에게로 이어졌다. 김다이는 자기 논리에 빠져 가슴팍을 치거나 탁자를 들썩이며 흥분하곤 했고, 박은 락시 잔만 만지작거릴 뿐이었다. 그는 다만, 한 번만이라도 안나가 고개를 돌려 자신을 바라봐주기를 바랐다. 그래야 그녀에게 하늘도 보여주고, 세상도 보여줄 수 있을 것이었다. 박은 꼬치집에 들고 날 때면 언제나 입구에 피어 있는 금잔화가 그녀라도 되는 듯이, 손으로 쓰다듬을 뿐이었다.

*

딱 한 번, 박은 안나를 주방이 아닌 밖에서 만난 적이 있었다. 속절없이 바라보고 처절하게 엿보기를 삼 년, 김다이가 보다못해 소녀를 호수로 데려온 것이었다. 밤 열시가 훌쩍 넘은 캄캄한 호숫가에는 정박해놓은 조각배들이 물결에 부딪히는 소리가 간간이 들려왔다. 그림자도 없는 밤, 어둠 덩어리 둘이 그가 서 있는 바나나나무 아래로 다가왔고, 그중 하나가 다가와 그의 귓속에 슬쩍 한마디 찔러주었다. "갸가 왔다." 자칫 순박하기만 한 박이 어느 날 마운틴플라이트 도중 영영 돌아오지 못할 곳으로 사라져버릴 수도 있었고, 해질녘 애먼 노를 치대며 조각배를 타고 빙빙 돌다가 풍덩 호숫물에 빠져버릴 수도 있었다. 김다이의 생각이었다. 그는 박의 눈물겨운 순정을 지켜보고 있노라면, 한창 피 끓던 자신의 젊은 날이 떠오르곤 했다. 자신이야말로 눈에 들어오는 여자에게 물불 안 가리고 사생결단의 각오로 달려들던 사내였다. 그 여자 아니면 죽는다고 저수지에 빠져 진짜 죽을 뻔하기도 했고, 빈 농약병을 쥐고 흔들다가 웃음거리가 되기도 했었다. 순정? 지나와보니 아무것도 아니었다. 그래도 돌이켜보니 아름다운 날들이었다. 김다이는 입가에 흥감한 미소를 지으며 박의 손에 노를 쥐여주고 홀연히 호숫가를 떠났다. 달도 별도 보이지 않는 깜깜한 밤, 박은 좌우로 흔들리고 있는 조각배를 고정시켜 그녀를 태웠다. 가슴이 벅차올라 심장이 터질 것만 같았다. 박은 가쁜 호흡을 안으로 겨우 진정시키고, 떨리는 손으로 노를 단단히 쥐었다. 그리고 천천히 나아갔다. 멀리 마차푸츠레의 능선은 희미하게나마 어둠 속에 보였으나, 바로 앞에 앉은 그녀의 얼굴은 농밀한 어둠 입자에 덮여 잘 보이지 않았다. 노가 물결을 스치고 물속으로 들어갔다가 물결을 밀치며 허공으로 빠져나왔다. 밤은 흐르고, 호수는 말이 없었다. 두 사람 사이엔 노가 일으키는 물소리만 들릴 뿐 서로 단 한마디의 말도 나누지 못했다.

박은 땔감용 통나무 이백 킬로그램을 주문했다.

"정 그러고 싶다면야, 못할 것도 없지."

박은 하늘을 그녀에게 보여주지 못한 대신 갠지스 강을 생각했다. 그녀가 속한 그곳 사람들은 업보로 이 세상에서 입고 있던 몸을 벗고 하늘로 올라가는 성소로 갠지스 강을 꿈꾼다는 것이 퍼뜩 생각난 것이었다. 그들은 숨이 멎은 지 이십사 시간 안에 화장해 강물에 뿌려져야 꿈이 이루진다고 믿었다. 박이 아무리 빨리 달려간다 해도 이십사 시간 안에 당도할 수 없었다. 포카라에서 바라나시까지 쉬지 않고 달리면 그 시간에 닿을 수 있을까. 서울에 있는 박으로서는 방법이 없었다. 그러나 김다이라면 어떻게 해서든지 가고야 말 것이었다. 박은 그에게 전화를 걸었다.

"이봐, 나도 이제 일흔을 바라보는 늙은이라네. 자네가 만났던 팔팔했던 산 사나이가 아니야."

혀가 풀린 것으로 보아, 얼큰하게 취해 있는 듯했다. 박을 꼬드겨 꼬치집에 드나들던 김다이 또한 그녀를 향한 애틋한 정리를 어쩌지 못하고 술잔만 기울이고 있는 것이 불 보듯 뻔했다. 되리라고 확신한 것은 아니지만, 박은 이빨 빠진 호랑이처럼 한껏 풀죽은 김다이의 힘없는 목소리를 듣자 짧은 순간 급격히 기울어지던 마음이 허망하게 사그라지듯 맥이 풀렸다. 그러나 그것도 잠시, 차라리 김다이가 그렇게 나오는 게 잘되었다 싶은 마음도 없지 않았다. 마지막 가는 길이나 잘 지켜봐달라는 말은 할 필요도 없었다. 언제 시간을 내어 날아갈 테니 그땐 안나푸르나의 숨겨놓은 비경이나 구경시켜달라고 말하고 끊으려고 하는데, 느닷없이 예의 호쾌한 김다이의 목소리가 박의 귓전을 쩌렁쩌렁 때렸다.

"내가 누군가, 김다이가 아닌가! 그런데 설마, 자네도 그걸 믿는 건 아니겠지?"

껄껄 웃으며 덧붙이는 김다이의 말이 박의 입가에 미소를 불러왔다.

"허긴, 믿고 안 믿고가 뭐 그리 중요할라구. 자네 마음이 진짜지."

산의 정기 덕인지 들려오는 목소리만으로도 김다이는 십 년 전의 기개가 조금도 누그러지지 않은 듯했다.

"가만, 그럼 내가 이러구 앉아 있을 때가 아니구만."

통화를 하면서도 그는 머릿속으로는 이십사 시간 안에 움직일 방법에 대한 구상이 끝난 듯했다.

"갸는 잘 마른 통나무 땔감 이백 킬로그램이면 충분하네. 그 무게라면 이천 루피인데, 할 텐가?"

몇 날 며칠 고주망태가 되도록 마셔도, 어느 순간 발동이 걸리면 추진력과 셈만큼은 정확했던 김다이의 성격이 발동했다. 히말라야 인근은 물론, 간혹 한국에서까지 죽음이 임박해 갠지스 강으로 찾아가는 사람이 있었고, 현지인 아니면 거래하기 힘든 일을 김다이가 연결시켜주곤 했다. 그는 안나푸르나를 오르내리는 현지 산악인들의 대형일 뿐만 아니라, 안나푸르나 진입로인 포카라 일대를 오가는 한국인들의 큰형님 노릇도 톡톡히 했다. 박은 모든 것은 김다이에게 맡기고 가능한 한 빠른 항공편을 잡아 곧바로 바라나시로 날아가기로 했다. 오 분 전에 생각했던 장소 이외의 곳으로 가게 하지 말라. 박은 여전히 하늘의 법칙에 충실했다. 김다이로부터 전화를 받았던 어제 오후부터 방금 오 분 전까지 오직 그곳만을 생각했다. 박은 어려운 난관을 뚫은 사람처럼 안도의 한숨을 쉬었다. 혜우한테는 돌아와서 고백하는 방법을 택했다. 그녀라면 자신의 심정을 헤아려줄 것도 같았다. 비로소 그는 늘 어정쩡하게 한 발만 딛고 서 있는 것 같았던 현실에 온전히 정착할 수 있을 것 같았다. 주위를 둘러보았다. 이백 킬로그램의 무게라면 어느 정도일까.

*

통나무를 실은 배들이 버닝 가트에 줄지어 정박해 있었다. 계단에는 통나무들이 산적해 있었다. 장작더미 곳곳에서 연기가 피어오르고 있었다. 박은 의외로 담담했다. 아무리 안나의 얼굴을 떠올리려 해도 떠오르지 않았다. 캄캄한 밤, 호수에서 조각배에 마주앉아 한 시간여를 바라보았으나 그녀의 얼굴은 감감할 뿐, 처음 연기 속에서 꼬치를 굽던 열일곱 살 소녀의 옆모습만이 생생하게 떠오를 뿐이었다. 박은 지금까지 자신이 흘러온 뒷강물과 버닝 가트를 지나 유유히 흘러가는 앞강물을 처연히 바라보았다. 해는 떠올라 완연했고, 강은 조각배들로 혼잡했다. 강물은 언제나 저 방향으로만 흐르는가. 박이 사공에게 물었고, 사공은 말귀를 잘 알아듣지 못했는지, 잠자코 노만 저었다. 사공이 버닝 가트 쪽으로 방향을 틀려고 했다. 어제 안나를 화장한 김다이가 거기에 머물고 있다가 시간 맞춰 나와 기다리고 있을 것이었다. 곱게 보내주었네…… 일을 끝내고 가라앉은 목소리로 들려주던 김다이의 말이 메아리처럼 귓전에 울렸다. 지금쯤 강어귀에 닿았으려나. 하늘로 올랐으려나. 이제 자네 차례네. 순정? 그거 아무것도 아니라네. 없으면, 사내도 아니지만. 박이 사공의 노를 저지했다. 안나가 흘러간 그 물길을 따라 조금 더 흘러가보고 싶었다. 박은 눈을 감았다. 그의 귀에 들리는 것은 오직 사공이 노 젓는 소리, 흐르는 물소리였다.

구
두
의

기
원

그것이 누구의 삶이든 너와는 아무 상관이 없었다.

*

너는 문화회관 중극장에서 송년 연주회를 보고 공원을 가로질러 가고 있었다. 한 해의 마지막날 밤이었다. 너는 겨울만 되면 유독 심해지는 달팽이관어지럼증으로 따뜻한 남쪽을 찾아 한 달째 부산에 체류중이었다. 평소 너는 문화회관이라든가 연주회 같은 데에 가는 사람이 아니었다. 그럼에도 불구하고 네가 그곳에 간 이유는, 무작정 짐을 싸들고 내려온 너에게 선뜻 오피스텔의 열쇠를 내준 J의 사촌이 그날의 연주자였기 때문이었다. 그렇지만 네가 꼭 그 자리에 가지 않아도 될 만큼 너라는 사람은 세상사에서 열외의 존재였다. 그러니 네가 관람 의사를 밝히자 J는 물론 J와 비슷한 용모의 사촌이 놀라는 표정을 지은 것은 이상한 일이 아니었다. J의 사촌이 프로그램으로 선택한 것은 쇼팽의 〈이별곡〉과 〈즉흥환상곡〉이었다. 너는 J의 사촌에게 정중하게 선곡에 대한 경의의 표시로 시를 낭독하듯 다음과 같이 읊었다. 렌토, 마논 트로포! J의 사촌은 네가 음악을 제대로 들을 줄 아는 귀를 가졌다는 사실에 전투를 앞둔 장수가 천군만마를 얻은 것처럼 흡족해마지않았다. 곡을 정확히 알고 계시네요. 무겁고 느리게! 역시 소설가는 보통 사람과는 정말 다르군요. 너는 밀린 방세를 완납한 기분으로 송년연주회에 갔고, 연주 내내 어지럼증을 잠재우느라 이를 악물고 있어야 했다. 관중은 너를 포함 오십 명 남짓이었고, 그것도 J의 사촌이 관계하는 대학과 성당 사람들이 대부분이었다. 〈즉흥환상곡〉의 선율이 파도타기처럼 빠르게 진행될 때 너는 간질병 환자처럼 거의 눕다시피 J 쪽으로 비스듬히 몸을 기울여야 했고, 사정을 모르는 J는 부담스럽지만 어쩔 수 없다는 듯이 너를 받아주었다. 연주회가 끝나고, 밖으로 나오자 어지럼증은 말끔히 개었다. 너는 J에게 조금 전 네 행동에 대해 해명하려고 했고, 그러는 사이 J는 빠른 걸음으로 문화회관의 돌계단을 내려갔다. J의 차가 정원 건너편 UN묘지 입구에 주차되어 있었다. J는 사촌의 지인들과 뒤섞이기를 꺼려했고, 특히 네가 누구인지를 말해야 하는 불필요한 상황에 처하는 것을 피하고 싶어했다. 아까는 말이지 내가 그러려고 그런 것은 아니야. 내달리듯 걷던 J가 그제야 너를 돌아보며 차오른 숨을 몰아쉬었다. J의 입에서 솜사탕만한 입김이 새하얗게 쏟아져나왔다. J가 알지 못하는 것이 하나 있는데, 뭐라고 말해야 하나, 그러니까 나는 지금 정상이 아니야. 너는 말하기 힘든 고백을 마친 애송이 사내처럼 안절부절못했고, J는 이럴 경우를 대비하고 있었다는 듯이 태연하게 너를 바라봤다. 오해하지 말고 들어주면 좋겠는데, 나도 미칠 것 같아. 너는 끝내 너의 증세를 J에게 말하지 못하는 것에 대해 상반된 감정을 가지고 있었다. 비겁함과 당당함. J는 네 입에서 나오는 말이 심각한 표정과는 달리 하찮은 것일 거라고 여러 번의 경험으로 알고 있다는 표정을 지었다. J는 다시 걸음이 빨라졌고, 너는 긴 다리로 성큼성큼 그 뒤를 따라갔다. 그리고 J의 옆에 다다르는 순간 관자놀이께에 둔중한 느낌이 와 닿았다. 너는 왼쪽으로 고개를 돌렸고, 순간 세상의 빛이란 빛이 그리로 빨려들어가듯 깊은 어둠을 느꼈다. 너는 걸음을 멈추고, 몸을 조금 더 돌려 뒤를 돌아보았다. 네가 걸어온 공원과 그 너머 문화회관 대극장 주변은 가로등 불빛으로 휘황했다. 채 오 분이 지나지 않았음에도 개미새끼 한 마리 눈에 띄지 않았다. 너는 J와 보폭을 맞춰 UN묘지로 이어지는 내리막 계단에 이르렀다. 계단에 발을 내디디려는 순간 너는 예의 깊은 어둠을 느꼈다. 다시 왼쪽으로 고개를 돌렸다. 잘 다듬어진 조경수들 사이사이 대나무들이 거뭇한 바윗돌을 에워싸고 있었다. 그리고 그것이 그 아래 있었다.

*

그것에 눈이 닿는 순간, 너는 움찔했다. 그것이 그곳에 있는 것이 자연스럽지 않았고, 어떤 이물감을 던져주었다. 이물감이란, 소용돌이치며 타오르는 생명력 같은 것이었다. 그러나 너는 발걸음을 멈추지 않았다. 그것은 스쳐지나가는 많은 것들 중의 하나일 뿐이었다. 너는 J를 따라 내리막 계단에 발을 내디뎠다. J가 약간 화난 목소리로 너에게 뭘 먹고 싶냐고 물었다. 공원을 가로질러 오는 사이 사방이 더욱 어두워졌으므로, 너는 J의 물음에 대한 대답을 찾으면서 조심스레 계단을 밟았다. 의식적으로 발밑을 살피며 내려왔는데도 마지막 계단에서 한 발을 헛디뎌 앞으로 고꾸라졌다. 시멘트 바닥은 얼음처럼 차갑고, 매서웠다. 입고 있던 바지의 무르팍이 찢기고 안에서 피가 흥건하게 비어져나왔다.

*

  자정을 기해 해안에서는 불꽃이 터졌다. 검은 하늘에 불을 지르듯이 불꽃들이 불붙었다가 이내 꼬리를 흔들며 흘러내리고 꺼졌다. 창문의 블라인드를 끝까지 내렸음에도 불꽃 색깔대로 실내가 물들었다. 너는 제야의 종소리 대신 불꽃 터지는 소리를 들으며 잠을 청했다. 찢긴 무릎이 야생장미 가시에 찔리듯 따끔거렸다. J는 아귀찜을 얄밉게도 잘 발라먹었다. 너는 J가 배가 고프면 무뚝뚝해지고, 발걸음이 빨라진다는 사실을 그제야 기억해냈다. J가 문화회관과 UN묘지에서 가장 가까운 아귀찜 전문식당으로 너를 데리고 간 이유와 지나치게 빨리 걸어서 결국은 네가 계단 아래로 굴러떨어지게 된 것이 모두 이해되었다. 아귓살은 희고 보드라운 반면 뼈에 찰싹 달라붙어 있어서 너로서는 도무지 떼어먹기가 어려웠다. 보다못해 J가 살점을 떼어 네 숟가락에 얹어주었고, 너는 주는 대로 받아먹었다. 너는 J를 만난 것을 운좋게 여겼다. 더욱이 피아니스트에다가 너에게 흔쾌히 빌려줄 오피스텔을 가진 사촌이 J에게 있다는 것이 너에게는 여간 행운이 아니

었다. 그러나 J와 사촌은 그다지 사이가 좋아 보이지 않았다. J는 너를
위해 사촌에게 손을 벌린 것에 자존심이 상한 듯했다. 너는 처음 부산
역에 내렸을 때 이렇게까지 J에게 신세를 질 생각은 아니었다. 어디에
맡겼다가 데려온 아이라도 되는 듯이 너는 J가 하는 대로 잠자코 있었
다. 오피스텔은 센텀시티라는 뉴타운 초입에 있었고, 네가 머무르게
된 방은 강과 바다 사이에 교묘하게 지어진 오십이층짜리 오피스텔의
오십일층에 있었다. 원래 그 건물은 백사층짜리 두 동으로 설계되었
으나 시공사가 재정난에 부딪혀 반토막으로 그치는 바람에 멀리 바다
쪽에서 보면 짤막한 연필 두 자루가 뾰족한 심을 하늘로 세운 채 꽂혀
있는 형상이었다. 너는 하루의 대부분이 어지러웠기 때문에 초고층이
라고 해서 특별히 더 어지럼을 느끼지는 않았으나, J나 J의 사촌은 고
소공포증이 심해서 좀처럼 오피스텔로 올라오지 않으려고 했고, 올라
오더라도 십 분도 안 되어 내려가버렸다. J의 사촌으로 말할 것 같으
면 오히려 네가 거기 머물러주어서 고마운 마음을 가지고 있는 듯했
다. 하긴, 오십이층짜리 두 동 중에 밤에 불빛이 환하게 밝혀진 창은
몇 곳 되지 않았고, 심야에는 강과 바다에서 올라오는 안개로 음산함
이 더해지곤 했다. 불꽃 터지는 소리가 더이상 들리지 않자 또다시 무
릎이 야생장미 가시에 찔리듯 쑤셔왔다. 너는 겨우 잠이 들면서 중얼
거렸다. 끈 달린 구두, 한 켤레.

*

네가 아침에 눈을 떴을 때 약간의 어지럼증이 남아 있을 뿐, 구두에

대한 기억은 없었다. 블라인드를 걷어내자 초고층 빌딩들 사이사이로 햇살을 받아 물결치는 바다가 보였다. 아귀찜을 먹던 J, 아귀 살점을 떼어 숟가락에 얹어주던 J. 너는 J를 생각하며 벙싯 웃었다. 웃고는 있어도 너는 J에게 가능한 한 연락하지 않으려고 안간힘을 썼다. J에게서 연락이 오기를 기다리며 하루를 보내는 날이 대부분이었다. 그러고 보니 오늘은 새해 첫날, 일요일이었다. 너는 시외버스를 타고 다녀올 데가 있었다. 아침부터 서둘러도 돌아오면 밤이었다. 너의 일주일 중 하루, 그러니까 일요일의 대부분은 시외버스 안에서 흘러갔다. 버스에서 너는 비몽사몽 졸다 깨다 했다. 삼 년째 그 일을 그만두지 않고 계속하고 있는 것은 네가 살아 있다는 유일한 증거였다.

*

죽는다는 것은 무엇을 기준으로 하는가. 심장이 뛰지 않는다.

*

한 달 전, J가 너를 부산역으로 마중나왔을 때 네 심장은 처음 뜀박질을 시작하는 아이처럼 걷잡을 수 없이 뛰었다. J가 발견한 너는 하루이틀 머물다 떠날 사람처럼 배낭 하나 메고 있었다. 너는 한때 잘나가던 소설가, J는 너의 전직 편집자. 너에 대한 관심과 애정, 심지어 독촉이 한때 J의 주업무였지만, 지금은 그 모든 것에서 벗어났다. 한마디로 이제 너와 J는 아무 관계도 아니었다. 그럼에도 불구하고 너는

이 먼 바닷가까지 J를 따라와 껌딱지처럼 들러붙었다. 너는 바닷바람
이 실어오는 짠내를 맡아보려고 코를 쿵쿵거렸다. J가 너를 반기는 것
으로 보아 편집자 옷을 아주 벗어던져버린 것은 아니었다. 너는 발작
적으로 도지는 어지럼증에 시달리며 사회적 관계와 감각과 의욕을 잃
어갔다. 요즘 너는, 어떤 글도 발표한 적이 없었다. 쓰지 않았으니, 당
연한 결과였다. 쓰지 않고, 발표하지 않으니, 너의 행동반경은 네 골
방으로부터 백 미터 밖으로 나아가지 못했다. 그래도 어쩌다가 너를
찾아오는 애송이 편집자를 만나면 이제는 소설가라기보다 스토리 디
자이너로 불러달라고 말했다. 작곡가는 음표 디자이너, 소설가는 스
토리 디자이너. 스토리텔링 시대에는 스토리 디자이너가 대세일 수
도 있지만 그렇다고 너에게 적합한 직명은 아니었다. 중요한 것은 소
설가든 스토리 디자이너든 너를 크게 변화시키지는 못할 것이라는 사
실이었다. 스토리 디자이너로 자처한 이후 너는 글을 쓰지 않는 대신
SNS에 적극 참여했다. 또한 J에게 문자를 날리기 시작했는데, J는 일
정량이 쌓이면 손가락 하나로 단번에 삭제했다. 너의 행위는 에리직
톤의 채울 길 없는 식욕과 시시포스의 무엇도 완성시킬 수 없는 헛된
애씀과 다르지 않았다.

*

너는 J에 대해 아는 것이 거의 없었다. 그것은 네가 너 자신에 대해
갖는 태도나 관심과 별반 다름없는 수준이었다. 그럼에도 불구하고 너
는 막다른 곳에 몰릴 때면 J를 찾지 않을 수 없었다. 누군가를 안다는

구두의 기원 131

것은 무엇을 기준으로 측정할 수 있는가. 너는 부산역 광장을 가로질러 걸어오는 J를 유심히 쳐다봤다. J는 네가 보지 못했던 옷을 입고 있었고, 네가 보지 못했던 머리 스타일—까만 망사 모자를 썼다—을 하고 있었으며, 네가 보지 못했던 표정을 짓고 있었다. 너는 돌아갈까 생각했지만 J가 어느덧 다가와 네게 손을 내밀었다. 너는 J와 악수를 했다. 처음 J를 만났을 때처럼. 어정쩡하게 웃으며, 어정쩡하게 반기며.

*

네가 횡설수설 내뱉는 이야기들을 J는 거의 한 귀로 흘려버렸다. 들으나 마나 한 헛소리들이었다. 그중 J의 귀를 솔깃하게 잡아당긴 것이 하나 있었다. 특별한 것은 아니었다. 너는 네 엄마에 대해 누구에게도 말한 적이 없었다. 두서없이 흘러나온 너의 헛소리들의 내용인즉, 너의 엄마는 천안 인근의 요양병원에 입원해 있었다. 하루 이십사 시간 중 대부분을 잠으로 보내고, 그중 깨어 있는 것은 서너 시간뿐이었다.

*

2012년 1월 1일 오후 네시경, 너는 요양병원에 있는 엄마와 함께였다. 너는 매주 일요일 시외버스를 타고 엄마를 보러 갔다. 마침 티브이 뉴스에서 간밤에 떨어져 죽은 새떼들 소식이 전해지고 있었다. 태평양 건너 미 남부 아칸소 주의 비브 시 사람들은 새해 첫날 아침

잠에서 깨어나 제일 먼저 바닥에 새카맣게 떨어져 죽어 있는 새떼들을 보아야 했다. 찌르레기라는 이름을 가진 그 새의 떼죽음 소식은 인터넷을 타고 삽시간에 전 세계에 전파되었다. 아칸소 주 당국자는 찌르레기의 사체를 수거해 사망 원인에 대한 조사에 들어갔다. 일부 애조가들은 아침 식탁에서 잠시 묵념을 한 뒤 식사를 시작하기도 했다. 바닥에 떨어져 죽은 새의 사체들이 클로즈업되었다. 갖가지 원인이 제기되었으나 새해맞이 불꽃놀이의 여파로 보는 전문가들의 견해가 우세했다. 하루의 대부분을 잠에 빠져 있던 너의 엄마가 그 광경을 보았다. 너의 엄마는 늘 그렇듯이 생각, 아니 표정이 없었다. 너는 저 새 이름이 뭐냐고 물었다. 너의 엄마는 참새라고 대답했다. 그럼 찌르레기는 어떤 새냐고 묻자 너의 엄마는 그저 참새라고 대답했다. 너는 불쑥불쑥 솟구치는 어지럼증을 삭이고는 다시 너의 엄마에게 물었다. 그럼 나는 누구지? 너의 엄마는 네 얼굴을 꼼꼼히 뜯어볼 뿐 끝내 대답을 하지 못했다. 참새만도 못한 인간. 너는 혼자 중얼거렸다. 그리고 너는 네가 누구인지 모르는 엄마와 몇 분 동안 멀뚱하니 마주앉아 있다가 할 수 없이 작별인사를 하려고 두 손을 부여잡았다.

*

붙잡은 손은 너와 네 엄마 사이를 가깝게 만들어주었다. 그러자 표정 없던 네 엄마의 눈동자가 반짝 웃듯 몇 가닥 생기가 돌았다. 이번엔 네 엄마가 너에게 물었다. 뭐 부를까. 속삭이는, 다정한 목소리. 네 엄마는 노래 부르는 것을 좋아했다. 노래 부를 일이 없는 인생이었지만 네 엄마의 입에서는 언제나 노래가 흘러나왔다. 너는 애써서 노래 하나를 기억 속에서 찾아냈다. 〈섬마을 선생님〉. 네 엄마는 아버지의 기일이면 그 노래를 부르곤 했다. 옆 침대에서 네 엄마보다 더 긴 시간 잠만 자던 통영 할머니가 어느새 살아나 입술을 우물거렸다. 노래는 죽어가던 사람도 춤추게 한다. 너는 통영 할머니의 눈동자를 제대로 본 적이 없었다. 통영 할머니는 언제나 눈을 감고 잠들어 있거나 깨어 있다고 하더라도, 심지어 죽을 받아 삼킬 때조차도 눈을 감고 있었다. 너의 엄마와 통영 할머니는 여든다섯 살 동갑내기였다. 그러나 네가 두 사람을 부르는 호칭은 한 세대를 건너뛰었다. 너는 네 엄마가 아이 넷을 낳아 기르다가 그중 둘을 화재와 폐렴으로 잃고, 마지막 아이를 낳은 지 십삼 년 만에 생긴 아이였다. 모두 기이한 일이라고 했고, 그래서 네가 어떤 기이한 행동을 해도 그다지 놀라지 않았다. 너는 큰형과 나이 차가 무려 스물다섯 살이나 되었다. 네 친구들 중 몇몇은 네엄마를 할머니라고 불렀다. 늙은 엄마에게 손자처럼 자란 너는 늙어가는 것은 곧 죽어가는 것이라는 순리를 비교적 일찍부터 터득했다. 그리고 살아 있다는 것이 살아가는 것이라는 이치를 비교적 늦게까지 깨닫지 못했다.

*

살아 있다는 것은 무엇을 기준으로 하는가. 심장이 뛴다.

요양병원에서 나오자 밖은 어둑어둑해졌다. 밀려왔던 파도가 밀려가듯이 어두워질수록 어지럼증이 약해졌다. 너는 요양병원을 다녀온 며칠은 비교적 어지럼증을 약하게 느꼈다. 네 아버지 같은 형과 네 고모 같은 누이는 네가 매주 일요일마다 시외버스를 타고 네 엄마를 찾아가는 것을 알고는 사십 년 가까이 너를 겪으면서 보았던 네 행동 중제일 기이하고 기특한 것으로 여겼다. 너는 버스를 타기 위해 정류장쪽으로 발길을 옮겼다. 아홉 살 전후, 어느 해질녘 기억이 너를 엄습했다. 너는 기억을 떨쳐버리려는 듯 마침 발부리에 닿은 돌멩이를 힘껏 차버렸다. 주머니에 넣은 너의 손이 차가웠다. 너는 어렸을 적 네엄마가 그랬던 것처럼 요양병원에서 네 엄마의 발을 꼭 쥐었다. 네 엄마의 발은 얼음장처럼 차가웠다. 따뜻하게 녹이는 데 갈수록 시간이걸렸다. 영원히 온기가 돌아오지 않는 순간이 올 것이었다. 긴 시간달려왔으나 머무는 시간은 짧았다. 너는 엄마의 발을 놓고 자리에서일어섰다. 이제 떠나야 했다.

*

버스는 거의 제시간에 도착했는데, 네 생각에는 좀처럼 오지 않는것 같았다. 아홉 살 무렵의 그날처럼. 떨쳐버렸던 기억이 되살아나 너를 휘어잡고 있었다.

*

    너는 엄마를 따라 충청도 천안에 있다는 외갓집에 가기 위해 국도 변의 정류장에서 버스를 기다리고 있다. 정류장 주변은 점방과 그 부속 가옥뿐 그 외 사방이 논이다. 정류장 한켠에 야생장미가 먼지 속에 피어 있고, 한시도 가만히 서 있지 못하는 너는 엄마를 가운데 두고 빙글빙글 돌다가 장미꽃 덤불에 엎어져 무릎에 상처를 입는다. 가시가 스치며 할퀸 자리에 피가 오송송 배어나온다. 버스는 좀처럼 오지 않고, 피가 맺힌 자리가 따끔거리기 시작한다. 야생장미 꽃대는 꺾인 채 풀썩 주저앉아 있고, 너는 뒤늦게 눈물을 찔끔 흘린다. 석양에 물들어가는 들녘엔 전신주들이 일정한 간격으로 서 있다. 전신주와 전신주 사이, 논들을 가로질러 가던 전선에는 참새들이 일렬로 앉아 있었다. 석양을 등지고 들녘을 가로질러 한 사람 두 사람 모여들고, 누군가, 버스가 온다! 하고 소리친다. 그러자 한 줄로 앉아 있던 그 작은 새들은 연약한 발톱을 있는 힘껏 밀어 전선으로부터 일제히 하늘로 날아오른다. 그들은 빠른 속도로 움직여 직선으로 나는가 싶더니 여러 마리가 뒤엉키듯 붉은 허공을 수놓는다. 버스가 다가와 정차하고, 너의 엄마는 넋을 잃고 비상하는 새떼들을 바라보던 네 볼을 꼬집어 차에 올려 태우고는 마지막으로 자신도 올라탄다. 너는 창밖으로 계속 새들을 좇고, 그들은 몇 번 원을 그리며 맴돌다가 미끄러지듯 논바닥에 내려앉는다. 버스가 움직이고, 논바닥의 새들은 그사이 고인 어둠 때문인지 보이지 않는다.

*

방에 고인 어둠 때문인지 아무것도 보이지 않았다. 너는 사흘째 골방에서 J를 기다렸다. J의 사촌은 모스크바로 연습여행을 떠났고, J는 코빼기도 모습을 보이지 않았다. 네가 J에게 갈 수도 있었다. 그러나 명목이 없었다. 전직 편집자에게 너는 끈 떨어진 가방 같은 존재, 한마디로, 아무것도 아니었다. 너는 청하고, 달래고, 채근하고, 윽박지르고, 술을 사줄 편집자 없이 산 지 오래되었다. 텅 빈 머릿속에 영상하나가 떠오르더니 이내 가득찼다.

*

그것은 단지 구두일 뿐이었다.

*

너는 그것이 궁금해지기 시작했다. 그것은 예사롭지 않은 가죽 덩어리였다. 심지어 끈까지 달린, 어쩌면 장인의 손길이 깃든 세상에 단한 켤레뿐인 구두일지도 몰랐다. 그렇다면 그것을 신을 만한 사람은 누구일까. 그것을 거기에 벗어놓을 수 있는 일이란 무엇일까. 그것도 한겨울, 한 해의 마지막날에. 아니다, 그것은 네 눈에 띄기 전, 어제, 그제, 아니 오래전부터 그곳에 그렇게 있었을 수도 있었다. 마치 너를, 네 눈에 띄기를 기다렸다는 듯이, 비에도, 눈에도, 바람에도, 태풍에도, 견디면서, 기다리고 있었을 수도 있었다. 생각이 거기에 미치자 너는 미칠 듯이 그것이 보고 싶었다. 누군가 잠깐 벗어놓았다가 다시 돌아와 신고 갔다면, 아니면 영영 돌아오지 않을 주인을 기다리며 여전히 그 자리에 놓여 있다면. 석양이 지고 있었고, 새들이 잠들 곳을 찾아 원을 돌며 대지로 내려오고 있었고, 새들의 날개 사이로 어둠이 깃들고 있었다. 너는 J를 기다리는 일을 그만두고, J를 만날 방도를 찾던 것을 그만두고, 어지럼증을 무릅쓰고 황급히 외투를 걸치고 그곳으로 갔다.

*

놀랍게도, 그것은 그 자리에 그대로 있었다. 반가워서 눈물이 날 지경이었다. 너는 살금살금 다가가 그것을 요리조리 살펴보았다. 발목까지 올라오는 끈 달린 구두였다. 언젠가 보았던 익숙한 느낌이 묘했다. 너는 신발 속까지 들여다보면서도, 차마 손으로 만질 수는 없었다. 어떤 범접할 수 없는 기운이 너를 차단하고 있었다. 그것은 마치 네가 꿈을 꾸고 있으나 꿈이 네 의지대로 돌아가지 않는 것과 같은 느낌이었다. 너는 다음날도 그다음날도 그곳으로 갔다. 그리고 어제, 평소보다 이른 시간, 처음 그것을 본 것보다 훨씬 이른 시간 너는 그곳으로 갔다. 겨울 햇빛이 문화회관 대극장과 그 아래 정원과 정원 너머 사자死者들의 거처를 환하고 따스하게 비추는 시간, 오후 네시경이었다.

*

너에게 저녁 외출은 일상이 되었다. 일요일을 시외버스 속에서 보내는 것처럼. 그러나 그것은 오래가지 않았다. 기껏해야 칠 일 만에 끝이 났다. 구두가 사라진 것이었다. 그러고도 너는 며칠 더 그곳으로 갔다. 네 행동을 설명할 수 있는 것은 딱히 없었다. 너는 저녁의 산책자였고, 구경꾼일 뿐이었다. 그것이 정말 구두였는지, 그렇다면 누구의 것이었는지, 또한 그것은 어디에서 왔다가, 어디로 갔는지, 너는 아는 것이 없었다. 분명한 것은 그것이 사라지고 난 뒤 너에게 변화가 일어나기 시작했다는 것이다. 그것은 어떤 이물감의 흔적을 또렷이 새겨놓았고, 이물감이란 소용돌이치며 타오르는 생명력이었다.

*

너는 J가 산다는 다대포로 달려가지 않고는 견딜 수가 없었다. 포구에 도착하니 해는 지고 사방이 붉은 기운으로 가득했다. J는 만날 때마다 낯선 느낌이었다. 제일 눈에 띄는 것이 J의 까만 망사 모자였다. J는 그 모자를 쓰지 않고는 네 앞에 나타나지 않았다. 너는 그 모자가 계속 거슬렸다. 그렇다고 그 모자가 J에게 어울리지 않는 것은 아니었다. 다만 너의 취향의 문제였다. 그것은 뭐랄까, 네가 콘돔을 끼고는 섹스 기분을 내지 못하는 것이나 마찬가지였다. 어쨌거나 J는 모자 없이는 한 발짝도 밖으로 외출하지 않는 사람처럼 완고해 보였다. 너는 모자를 볼 때마다 답답하다못해 서글퍼졌고, 급기야는 가슴이 아팠다. 그러고 보니 모자 때문에 그전에는 안 보이던 주름이 확연하게 눈에 띄었고, 안색은 창백해 보였다. 너는 언제나 네 문제로 J를 찾았을 뿐, J의 이야기를 귀담아들으려고 한 적이 없었다. 그럼, 구두가 언제까지 거기에 있어야 하는 거지? 구두 이야기를 다 들은 뒤 J는 당연하다는 듯이 어깨를 으쓱하며 되물었다. 구두는 구두일 뿐, 너와 무슨 상관이냐고 J는 묻지 않았다. 너도 그저 스쳐지나치는 수많은 것 중의 하나가 아니냐고 J에게 말하지 않았다. J는 너를 몰운대 아래 허름한 횟집으로 데리고 갔다. 너는 의자에 비스듬히 기대앉았다. 장어탕에 문어가 나왔다. J는 한마디로 너는 스토리 디자이너가 아니라고 잘라 말했다. 너도 J도 싸운 사람처럼 불쾌한 얼굴로 포구의 물결만 바라볼 뿐 장어탕에 손도 대지 않았다. 벽에 걸린 티브이의 뉴스 소리가 유난히 크게 들려왔다.

*

서해 태안반도의 한 해수욕장 주민들은 아침에 일어나 폐사한 조개 떼가 대규모로 모래사장으로 떼밀려와 있는 것을 보아야 했다.

*

너는 얼마 전에 뉴스에서 보았던 미 남부 아칸소 주 비브 시에서 발생한 새떼들의 참사 현장을 떠올렸다. 스멀스멀 식은땀이 나기 시작하더니 속이 메스꺼워졌고 급기야 또다시 네 몸은 J 쪽으로 기울어졌

다. J는 벽에 기댄 채 가까스로 너를 감당하고 있었고, 너는 J의 심장
박동 소리를 들으며, 현기증의 소용돌이는 우주만큼 넓고 깊다, 고 아
리송한 말을 흘렸다.

*

네가 잠에서 깨어났을 때, J는 네 옆에 없었다. 침실 창밖으로 어제
J와 함께 걸었던 해변과 포구가 까마득하게 보였다. J의 책상에는 노
트북 하나만 달랑 놓여 있었다. J가 베테랑 편집자였다는 흔적은 어디
에도 없었다. 노트북은 너도 가끔 사용했던 것이었다. 너는 노트북을
켜고 의자에 앉았다.

*

"마을로 들어서자 멀리 성城이 보였다. 마을은 성으로부터 일 킬로
미터 정도 떨어진 왼편 고원 위에 있었다. 성을 지나 마을로 천천히
차를 몰아갔다. 마을을 빙 둘러 백 년은 족히 넘었을 플라타너스나무
들이 일정한 간격을 두고 우람하게 서 있었다. 고목 사이에 차를 세우
고 내렸다. 잎사귀 하나 거느리지 않은 고목들이 파란 하늘 아래 굳건
히 서 있었다. 가지마다 햇빛이 하얗게 부서지고 있었다. 플라타너스
가로수 길 왼쪽은 축구장, 오른쪽은 마을이었다. 이삼층 높이의 건물
들이 방벽의 형태로 플라타너스나무들과 나란히 서 있었다. 나뭇가지
들이 건물 외벽에 빛처럼 투명한 그림자를 드리우고 있었다. 마을 안

으로 들어가기 위해서 꺾어져들어왔던 길의 끝까지 걸었다. 한낮인데 마을 어디에도 인적이 없었다. 백일몽 속 한 장면으로 느닷없이 들어와 걷고 있는 기분이 들었다. 레지던스에서 아침식사를 마치고, 자동차 시동을 걸기 전까지 목적지는 확고부동했다. 피레네산맥 인근의 페르피냥이라는 도시에 가려고 했다. 불가능에 대해 생각하는 일이 무슨 의미가 있을까. 나는 질문 같지도 않은 질문을 또 시작하고 있었다. 가능과 불가능. 나는 아침에 계산을 하고 레지던스에서 나온 뒤, 자동차에 시동을 걸려고 열쇠를 꽂던 순간을 생각했다. 그리고 시동이 걸리는 순간을 생각했다. 부르릉, 부르릉. 어떤 순간에 그 생각이 들었는지, 그리고 그 생각은 어디에서 왔는지 나는 알 수 없었다. 시간이 없었다. 어두워지기 전에 페르피냥에 닿아야 했다. 알프스 산록의 이 고원마을에서 스페인 국경지대인 페르피냥까지는 오백 킬로미터가 넘는 거리였다. 원래대로라면 지금쯤 지중해 해안선을 따라 몽펠리에나 세트에 도달해, 해변의 묘지 입구에 있는 포구에서 점심식사를 주문하고 있어야 했다. 한겨울 창공을 꽉 채우고 있는 빛살이 압박감을 주었다. 나는 갑갑함을 느꼈다. 세 시간 전의 돌발 행동에 의구심이 들었다. 그러자 가능한 한 빨리 이곳을 떠나고 싶어졌다. 마을 입구에서 발길을 돌려 자동차가 세워져 있는 곳으로 가려고 했다. 그때, 정적을 깨고 아이들의 함성이 폭발적으로 터져나왔다."

*

J의 노트북에는 예전에 네가 썼던 메모들이 하나의 파일로 묶여 바

탕화면에 저장되어 있었다. 메모를 즐겨 하는 편은 아니었지만, 가끔 끼적거린 메모들에서 소설이 한 편씩 나오기도 했다. 메모들을 꺼내 보면, 손바닥 들여다보듯 그날 그 순간의 기억이 선명하지만, 꺼내보지 않으면 존재하지 않는 시간들이었다. 프로방스에서 페르피냥까지 달려가는 내내 J는 조수석에 앉아 사막의 열매 피스타치오를 네 입에 넣어주었다. J 말고 일행이 두 명 더 있었고, 그들은 대부분 이동하는 내내 뒷좌석에서 잠을 잤다. 피레네산맥 근처의 페르피냥에 도착했을 때 어둠과 함께 겨울비가 주룩주룩 내렸고, 너는 숙소에 들어가자마자 뻗어버렸다. 깜박 잠들었다가 누군가 문을 열고 들어오는 소리에 깨어 눈을 떠보니, 빨간 우비를 머리끝까지 쓴 J가 먹을 것을 사러 빗속을 헤매다 겨우 생수 한 병을 사들고 들어오던 중이었다. 우비를 벗으며 웃는 J를 보자 너는 참지 못하고 달려가 기습적으로 키스를 했었다. 이빨이 부딪치는 격렬한 입맞춤에 J는 몹시 당혹스러워했고, 다음날 피레네산맥을 넘어 스페인을 돌아 귀국할 때까지 J는 피스타치오를 더이상 네 입에 까넣어주지 않았다. J가 너를 떠난 것이, 설마 키스 때문은 아니겠지? 자문해보았지만, J가 그 정도로 심약한 편집자는 아니라고 생각을 돌렸다. 오히려 너는 J를 두려워했고, J가 늘 너를 우스꽝스럽게 여긴다고 생각해왔다. J가 떠난다고 전화로 작별인사를 했을 때, 너는 발작처럼 도지는 어지럼증에 사로잡혀 아무 말도 하지 못했다. 너는 편집자가 작가를 떠난다는 것이 어떤 의미인지 그때까지 알지 못했다. 너는 석 달을 참다가 병원을 찾았고, 네 증세는 메니에르병, 일명 달팽이관어지럼증으로 판명되었다. 그러나 판명만 났을 뿐, 정확한 원인과 치료 방법은 없었다. 너는 모든 것을 단념하고 J에게 내려오기까지 병원들을 떠돌아다녔다. 결과는 모두 하나였다. 그 것으로 죽지는 않겠지만, 죽을 때까지 낫기는 어렵습니다.

*

너는 네 이름의 폴더를 닫으면서 그 옆에 'D의 기록'이라는 제목의 폴더에 눈길을 주었다. 그 위에 커서를 올려놓고 잠시 망설였다. 너는 D라는 알파벳을 보고 즉시 죽음을 떠올렸다. 그러나 곧 그 생각은 바뀌었다. D는 누군가의 이니셜임에 틀림없었다. 네 안에서 훔쳐보고 싶은 무엇이, 타오르는 어떤 것이 소용돌이치며 분출했다. 그러나 너는 어지럼증을 다스리는 데 총력을 기울였다. 너는 식은땀이 흘렀고, 귓속이 먹먹해졌다. 너는 J에게 문자메시지를 보냈다.

*

J는 시속 백 킬로미터로 부산과 거제도를 잇는 거가대교를 달렸다. 대교는 네 개의 섬을 잇는 세 개의 다리로 구성되어 있었고, 중간은 해저침매터널로 연결되어 있었다. 너로부터 첫번째 문자메시지를 받았을 때 J는 가덕도를 지나 침매터널로 진입하고 있었다. J는 깊어지는 수심 표지를 읽느라 연달아 도착하는 너의 문자메시지를 읽을 수 없었다. 심지어 그것으로 인해 운전에 방해를 느꼈다. 침매터널로 들어서자 도로는 수심 사십팔 미터까지 내리막이었다가 다시 오르막으로 바뀌었다. 터널을 빠져나오자 도로는 다시 다리 본연의 모습으로

섬과 섬 사이를 잇고 있었다.

*

J는 다리 한가운데에 차를 세우고 너의 문자메시지를 읽었다. 다 모아보니 소설책 한 페이지 정도 분량이었다. 네가 소설이라고 했기에 그것은 누가 뭐래도 소설이었다. 너는 한 페이지 소설을 생각하고 완성한 것 같지는 않았다. 시작도 중간도 끝도, 소설적인 것을 찾아볼 수 없었다. 차라리 첫 페이지를 쓰다 만 것 같았다. J는, 마지막으로, 네 소설을 읽었다. 그리고 망설임 없이 그것을 삭제했다. J가 아는 마지막 인간은 너였다.

처음 그것이 내 눈에 들어왔을 때, 그것은 한갓 덩어리였다. J와 함께 걸어가고 있었으나, 나에게만 그것이 보였다. 그것이 문제였다. 나는 보지 말아야 할 것을 본 것이었다. 그것을 본 순간 내 계획은 어긋나기 시작했다. 나는 J에게 해명할 것이 있었다. 나는 어지러웠다. 종잡을 수 없이 어지러웠다. 내가 바라보는 세상은 돌고, 돌았다. J에게 말하고 싶었다. J에게 심하게 기댄 것은 본의가 아니었다고. 그러나 그 말을 하려는 순간, 그것이 내 눈을 사로잡았고, 내 머릿속은 온통 그것 생각뿐이었다. 누군가 오래 신어 너덜너덜해진 끈 달린 갈색 구두 한 켤레. 나는 매일 그것이 있는 곳으로 찾아갔다. 그것이 그대로 놓여 있는 것을 두 눈으로 확인하면 안심이 되었다. 구두가 거기에 놓여 있는 한, 그는 죽은 것도 죽지 않은 것도 아니었다. 그런데 어제, 그 자리에 구두가 없었다. 그는 죽어버린 것이다.
죽은 것으로 판명이 된 것이다. 나는 그가 누구인지 모른다. 그러나
나는 그 사람이 아팠고, 구두가 궁금했다. 나는 미칠 것 같았다. J에
게 찾아갔다. 끈 달린 갈색 구두, 그것은 나와 아무 상관 없는 것이
었다. J가 말했다.

밤의
관
조

그날 아침, 다리 위에서 거대한 검은 물체가 난간 밖으로 날아갔다. 눈 깜짝할 새에 일어난 일이었다. 바람이 집어삼킬 듯이 달려들어 고개를 옆으로 돌릴 엄두가 나지 않았다. 창틀을 확인했다. 조금의 틈이라도 보이면 어마어마한 바람이 들이닥칠 것이었다. 핸들을 잡은 손에 힘을 주고 속도를 조절했다. 자동차 바퀴가 자꾸 차선 밖으로 밀려나려는 통에 진행이 순조롭지 못했다. 그러고 보니 백여 미터 앞에서 달려가던 컨테이너 수송 트럭의 뒤가 허전했다. 다리는 중간쯤에 이르면 어느 순간 다리 위라는 사실을 잊어버릴 정도로 길었고, 백색의 거대한 아치를 양날개처럼 허공에 쭉 펼치고 망망대해 위에 떠 있었다. 평소 같으면 다리에 진입해서 두 개의 아치 중 첫번째 아치에 이르면 가수假睡 상태에서 살짝 졸기까지 했을 것이었다. 해수욕장으로 유명한 항도港都 B시의 푸른 바다 위를 육 개월째 아침저녁으로 달렸지만 이토록 무서운 바람에 시달리기는 이번이 처음이었다. 가까스로 다리를 건너 난간 밖으로 사라진 물체의 사정을 살필 겸 주위를 두리 번거렸다. 반대편 차선의 다리 입구 상황판에서는 속보로 돌풍주의보 를 알리고 있었다.

*

마취에서 깨어나면서 제일 먼저 손이 간 곳은 오른쪽 무릎 위였다. 어디에서도 바람 소리는 들리지 않았다. 바람 소리뿐 아니라 세상이 정지한 듯 고요했다. 무릎의 힘을 빼고 가만히 만져보면 약간 타원형 의 뼈가 까딱까딱 좌우로 흔들리는 것을 느낄 수 있었다. 사람 뼈 이 백육 개 가운데 좌우 무릎에 위치하는 슬개골이었다. 이 년 사이 나는 세 번이나 같은 이유로 병원 침대에 누워 있었고, 그때마다 내 손은 오른쪽 무릎 위에 가 있었다.

슬개골을 나에게 알려준 사람은 대학 때 첫사랑 김수창이었다. 연 희동에 있던 그의 자취방에는 뼈들이 그득했다. 처음 그를 만났을 때, 그는 근처 대학의 의학도였다. 그런데 본과 진입을 앞두고 인골人骨 분석 작업에 조수로 동원되었다가 고고학에 깊이 매료되어 고고학과 대학원에 진학하더니 방학이면 고인골古人骨 발굴 팀에 끼어 무덤 속 에서 살다시피 했다. 해부학에 몸서리를 치던 그였는데, 백년 천년 전 의 인골에는 전율이 일 정도로 친화력을 느낀다고 했다.

봄이 멀지 않은 2월 어느 날, 그는 책임자인 K교수가 일본이나 부 여 등지로 하루이틀 단기출장을 떠난 틈을 타서 나를 현장으로 불렀 다. 무덤 속은 어머니의 뱃속처럼 아늑하고 따뜻했다. 그는 무덤 속

공터 한켠에 쭈그리고 앉더니, 나에게 가까이 오라고 했다. 시키는 대로 내가 그 옆에 쭈그리고 앉으니, 주머니에서 뼈 둘을 꺼내 보였다. 그러고는 하나는 바닥에 반듯하게 놓고 다른 하나는 그 위에 비스듬히 포개어 얹어놓았다. 자, 여기에 묻혀 있던 사람들—물론 백골이지—은 나란히 누워 있는 상태였어. 사지를 바르게 펴서 안치하는 신전장伸展葬 형태였지. 그런데 이상한 것은 한 인골의 왼쪽 골반 위에 오른쪽 슬개골이 다소곳이 올려져 있는 거야. 이게, 무슨 뜻일까? 그는 위에 얹어놓은 슬개골에 내 손가락을 살짝 가져다 대며 말해보라고 했다. 나는 손가락에 닿았던 백골의 감촉을 잠시 음미해보다가 가볍게 웃음을 터뜨렸다. 귀신이 한 일이 아닐까? 눈에는 언제나 불꽃이 일었지만, 까칠한 얼굴에 누리끼리한 방한용 점퍼, 한 달 만에 보는 그는 영락없이 귀신에 홀린 사람 같았다. 그렇지, 귀신, 그러니까 누군가 한 일이라는 말이지. 백골화가 진행된 이후 누군가 (귀신이라도) 무덤에 들어와 슬개골을 슬쩍 옮겨놓은 거야. 자료를 찾아보니까, 일본에서도 매장된 사람에 대해 일정 시간이 지나면 무덤을 다시 열어 유골의 슬개골을 이동시켜놓는 매장의례가 행해진 예가 있다는 거야. 더욱이 청동기시대 도래인들의 유적으로 추정하고 있는 유적에서는 출산 도중 사망한 여성의 발목을 따로 흩어놓은 예도 있었다고 하고. 왜 이런 일이 벌어졌을까? 나는 쭈그리고 앉은 다리에 쥐가 나 괴로웠지만, 그는 두 눈을 번쩍이며 바닥에 놓인 뼈 위에 시선을 집중했다. 백골이 되면 유골 일부를 이동시키고 제사를 올리는 것은 재생이나 환생을 방지하려는 매장의례에서 비롯된 거지. 유족들에게는 고인이 더이상 돌아오지 못할 저세상으로 갔다는 것을 두 눈으로 확인시키는 행위였던 거야. 그런데 문제는 이러한 의례가 어디에서 전해진 것인가에 의문이 남는 거지. 나는 다리에 쥐가 나 더는 참을 수 없었지만, 그는 잔뜩 흥분한 목소리로 내 손을 덥석 잡았다. 이 슬개골 하나로도 운명을 바꿀 수 있어! 그는 K교수처럼 발굴자에 머물지 않고 분석 가능한 전문가가 되어 문화사를 새로 쓰겠다는 강한 의지를 내비쳤다. 결국 그는 한국고고학 연구로 정평이 나 있는 규슈 대학으로 떠났고, 공교롭게도 그가 떠난 다음날부터 나는 심하게 입덧을 하기 시작했다. 일본 전역을 떠돌며 고인골 발굴 작업에 몰두해 있어서 그와 연락이 쉽지 않았다.

영화아카데미에 적을 두고 있던 나는 졸업 작품으로 단편영화를 찍기 위해 연희동에 갔다가 그의 자취방이 있던 골목으로 발길을 옮겼다. 어둠이 내리기 시작한 이른 저녁시간이었다. 공사중이었던 오층 건물이 환하게 모습을 드러냈고 사층에 산부인과 간판이 눈에 띄었다. 간호사의 지시대로 다섯을 채 세기도 전에 나는 꿈 없는 잠의 나락으로 떨어졌다. 마취에서 깨어나며 나도 모르게 슬개골에 손이 갔다. 수많은 밤, 죄책감과 두려움으로 잠을 못 이루었는데 치르고 나니 생각보다 조용한 일이었다. 일본에서는 봄이 다 가도록 소식이 없었고, 여름학기를 끝으로 나는 파리행 비행기에 올랐다. 그리고 얼마 전 치우의 책상 위에 놓여 있던 신문에서 우연히 김수창을 보았다. 십오년 만이었다. 과연 그는 유명한 고인골 박사가 되어 있었다. 그는 경주박물관 미술관 신축 공사현장에서 발굴된 신라 우물과 그 안의 어린아이 인골에 대해 비교적 상세히 적고 있었다. 호쾌하게 웃고 있는 그를 처음에는 금방 알아보지 못했다. 활달한 웃음 때문이었는지 중년의 연륜 때문이었는지 신문에 실린 그의 얼굴이 전혀 다른 사람처럼 낯설었다. 어떤 회한도 반가움도 없었다. 언젠가는 돌아올 것이었지만, 내 기억 속의 그는 언제나 규슈에 있는 사람이었다.

*

침대맡에 놓여 있던 가방 속에서 핸드폰 벨이 울렸다. 마취의 기운 때문인지, 가방 속의 여운 때문인지 벨소리가 먹먹하게 들렸다. 발신자를 확인했다. 오란이었다. 핸드폰이라는 기계가 사람을 우습게 만들었다. 누가 알겠는가. 간이병동처럼 대여섯 개의 침대마다 개별적으로 커튼이 내려쳐진 후줄근한 병실에 링거줄을 팔에 매달고 꼼짝없이 누워 있다는 것을. 그러면서 아무렇지도 않게, 마치, 책상 앞에 앉아서 일을 보다가 전화를 받은 듯 태연한 목소리를 내야 하는 것을.

치우는 왜 핸드폰을 꺼놓지 않았는지, 은근히 화가 나려고 했다. 저녁을 먹으러 갔는지 기척이 없었다. 폐차장에 실려와 있는 것처럼 몸도 기분도 만신창이 상태였다. 그의 잘못이 아니었다. 그는 아직 병원에 도착하지 않았는지도 몰랐다. 수술대로 옮겨지기 직전에 전화를 했으니, 그 역시 경황이 없는 게 당연했다. 망설이는 동안 꺼지는가 싶더니 다시 핸드폰 벨이 울렸다. 목소리를 가다듬고 전화를 받았다. 지난가을 사진 촬영 관계로 함께 범어사에서 관조 스님을 만난 이후 두 달 만이었다.

"나, 지금 경주 가는 중이야! 어디 호수나 연못가에. 버려진 절 같은 것 없을까?"

대답이 채 끝나기도 전에 용건부터 들이미는 성미는 한결같았다. 얼마나 잠들어 있었던 것일까. 병의 링거액을 힐끗 올려다보니 삼십 분은 그대로 더 누워 있어야 할 것 같았다. 마법의 침대였다. 거기에 눕는 순간 진공관 속처럼 혀끝의 돌기도, 입안에 맴돌던 침도 무감각해졌다. 손을 쥐었다 폈다 몇 번 하는 사이, 시간의 흐름도, 공간의 열림도 우주 밖의 현상으로 떨려나가고, 나는 나로부터, 아니 모든 것으로부터 지워졌다. 그것이 얼마 동안 지속되었을까. 한 시간, 두 시간, 눈에 보이는 것이라고는 거의 천장까지 치솟은 커튼뿐이었다.

"경주 하면 박유진, 아니 우리의 박프로잖아! 지금 와준다면 더할 나위없이 좋겠어. 아니면, 내일 아침? 아무튼 가능한 한 빨리 와줘야겠어!"

오란의 카랑카랑한 목소리를 듣고 있는 동안 의식이 명료하게 돌아왔다. 나도 모르게 슬개골에 가 있던 손이 뱃가죽을 쓰다듬고 있었다. 갈퀴로 뱃속을 한 번 휘저어놓은 듯 통증으로 얼얼했다. 의사의 지시대로 스크린으로 고개를 돌려보니 강낭콩만한 생명체가 광활한 우주에 꿈틀거리고 있었다. 그런데 일주일 만에 스크린에는 컴컴한 우주 공간뿐 텅 비어 있었다. 앉을 새도 없이 흘러가버렸으니 허허로울 것도 없었다. 폐사廢寺라니, 언뜻 떠오르지 않았다. 폐사지로는 남산 중턱의 천룡사터나, 분황사 앞 황룡사터, 또 감포의 감은사터 등이 있어도, 절이 버려진 채로 남아 있기는 드물었다. 그것도 연못가나 호숫가라면 짚이는 데가 없었다.

"지금 움직일 수는 없고, 내일 오후에나 시간이 날지 모르겠어. 그런데 무슨 일이야. 한 건 잡았어?"

"혹시 모르지. 그런데 이번에 이치카와 곤 감독전을 하고 있다고?"

11월 시네마테크 특별전으로 일본 모던 시네마의 불꽃 이치카와 곤과 마스무라 야스조를 기획했다. 오란은 영화잡지와 관련 종사자들에게 내보낸 프로그램을 본 모양이었다.

"역시 박프로다운 신선한 기획이야. 그런데, 곤 감독의 〈불꽃〉 말이야."

그것은 미시마 유키오의 소설 『금각사』를 각색한 작품이었다.

"반석 감독한테서 로케 의뢰가 들어왔는데, 시나리오를 보니 딱 그 분위기야. 예술영화를 한 편 찍고 싶대. 공포영화를 주로 찍어온 감독이니까 뭔가 다른 물건이 나오겠지. 경주 어디에 금각사만한 장소가 없을까?"

그리고 보니, 안압지, 아니, 그보다는 남산 아랫마을의 서출지書出池가 떠올랐다. 편지가 나온 연못이라는 뜻이니 이름만으로도 의미심장했다. 특히 못가에 이요당二樂堂이라는 아담한 정자가 있어 영화의 훌륭한 무대가 될 수도 있었다. 천오백 년이 넘는 연꽃 연못과 삼백 년이 넘는 암갈색 정자는 절대미의 극으로 치달은, 그래서 찰나적인 환각에 가까운 금각사보다 운치로 보면 더 깊을 것이었다.

"예술영화? 잠깐 쉬어가자는 거로군!"

"기분 나쁘게 듣지 말고, 좀 도와줘. 나도 봉사 차원이니까. 아니, 기부가 낫겠다. 거 왜, 도네이숀이라고 있잖아!"

오란은 십 년 동안 영화잡지사에서 일하다가 한국영화사에서 천만이라는 꿈의 관객수를 기록한 반석 감독의 대형 블록버스터 영화에 로케이션 매니저로 참여한 뒤 홍대 앞에 '홀'이라는 기획사를 차려 전

성기를 구가하고 있었다. 임자는 따로 있었던지, 그녀의 남편 우진은 십 년 동안 로케이션 매니저로 동서남북 질풍처럼 뛰어다녀도 무임금의 자원봉사자나 마찬가지더니, 정선인지 횡성 산간의 가파른 고갯길에서 비명횡사한 뒤 그 대신 오란이 뛰어들자 바로 대박이 터졌다. 잡지사에 다닐 때 그녀의 입에서는 시도 때도 없이 '니미럴'이 후렴구로 떨어져나오곤 했는데, 로케이션 매니저로 전환한 뒤부터는 '님도 보구 뽕도 따구'로 바뀌었다.

"봉사? 기부는 아무나 하나!"

"내 귀에 대고 기부, 기부 한 게 누군데! 영화제 끝난 프로그래머야말로 좀 쉬어가도 되잖아. 올 수 있지?"

의사는 오 주 안팎의 착상 단계여서 다행히 큰 수술은 아니라고 했었다. 그래도 찬바람을 쐬면서 움직이는 것이 몸에 절대 좋을 건 없다고 충고할 것이 틀림없었다. 치우는 무리해서까지 가야 할 일은 아니라고 냉정하게 말릴 것이 분명했다. 그래도 나는 경주로 향할 것이었다. 완전히 쥐어지지 않는 손, 바람 빠진 풍선처럼 헛헛한 배, 단단히 결합되지 않은 채 겉도는 듯한 살과 뼈. 그래도 나는 흐린 하늘, 극심한 공복감을 애써 떨치며 시속 백이십 킬로미터로 달려갈 것이었다.

"돈이 아니면 재능, 그것도 아니면 몸이라도 내놓아야 한다고 했잖아!"

"그랬지. 그런데, 그게 어째서?"

"그래서 이 몸이 간다, 이거야!"

오란에게 무슨 좋은 일이 있는 게 틀림없었다. 자칫 까다롭게 들리던 칼칼한 목소리에 윤기와 리듬감이 흘렀다.

"당장 올 수 없다면, 내일 저녁까지 연못가에 단아한 절 좀 찾아
봐."

*

납빛 하늘 아래 바다는 먹물을 풀어놓은 듯했다. 어제 다리 위에서
바람에 날아간 검은 물체가 궁금했다. 뉴스를 보았다면, 치우는 자초
지종을 알고 있을 것이었다.
"어제 바람 정말 무시무시했어. 당신 말 듣고 이쪽으로 이사온 게
다행이야."
초고속 열차가 개통됨에 따라 삼 년째 서울과 B시를 고달프게 오가
는 그를 보다못해 시네마테크에 자리를 잡아 내려오면서 나는 해안대
교가 한눈에 보이는 바닷가 신축 아파트를 제안했다. 그는 매립지인
데다가 습기가 많아서 전망만 좋지 사는 데는 나쁜 게 더 많다고 반대
했다. 매물로 나와 있는 것 중에 멀리 호수처럼 바다가 보이는 아파트
에 가보고는 이 년 정도 살아보고 결정하기로 했다.
"어제 바람이 불었나?"
그의 표정이 하도 뜬금없어서 혹시 내가 잘못 본 것은 아니었나 의
심스러운 생각이 들었다. 그 바람에 컨테이너가 날아갔다는 말이 목
구멍 속으로 쑥 들어가버렸다.
"이런 집은 어때?"
치우는 병원에 다녀온 다음날 아침이면 사진이며 그림, 하다못해
금방 떠오른 생각을 스케치한 종이까지 내 앞에 내밀었다. 아침잠이

많은 나와는 반대로 그는 새벽 여섯시면 어김없이 일어나 책상 앞에 앉았다. 석양에 붉게 물든 철길 옆의 집, 바닷가에 면한 언덕 위의 집, 바람에 흰 커튼 자락이 날리는, 오렌지 불빛 부서지는 실내의 이층집. 오늘 아침에는 한 건물이지만 두 개의 지붕을 가진 이층집을 보여주었다. 사진으로 찍은 듯이 사실적인 그림이었다. 석양이 지고 있는 것인지, 해가 밝아오는 것인지, 창문에 불그스름한 빛살이 어려 있었다. 그리고 한 남자와 여자가 담소하고 있었다. 두 사람은 어느덧 중년의 나이에 접어들어 있었다. 어느덧, 이라는 표현이 적절할 정도로 집과 사람에 어린 고적한 기운이 자연스러웠다.

"나는 아무래도 좋아."

그렇게 대답을 해도 그는 온전히 믿지 않았다. 그러니까 계속 집에 대한 스케치를 나에게 내미는 것일 터였다. 대답 뒤에는 나 역시 매번 무엇이 문제인지 고심했다. 그의 마음처럼 내 마음도 알 수 없었다. 아직 잠에서 덜 깬 눈으로 보아도, 이번 집 역시 이전에 그가 보인 여느 집들과 마찬가지로 고독이 스며들어 있었다. 나는 기지개를 켜면서 베란다의 이중창을 힘껏 밀어 열었다.

"여기에 마당이 있으면 내용이 조금 달라지겠지? 강아지도 있고, 또……"

바다를 향해 기지개를 켜고 서 있는 나를 그가 와서 가만히 뒤에서 껴안았다. 그런 식으로 그는 나를 위로하려고 했으나, 오히려 위로받아야 할 사람은 그였다. 그는 이번에는 아이에 대한 기대가 컸다. 고작 일주일이었지만, 설마 이번에는 아무 일 없겠지, 마치 살얼음 위에 서처럼 조심하며 기쁨을 누렸다. 세번째 임신이 되어서야 그는 그

158

동안 간절히 원하는 내색을 하지 않은 것은 나에 대한 배려였다고 고백했다. 의사는, 전례를 보아서, 하던 일을 모두 중단하고 누워만 있으라고 권유했다. 누워 있기를 가장 끔찍해하는 나를 웬만큼 아는 그는, 농담삼아, 아예 아이를 낳을 때까지 입원하면 어떻겠냐고 밝게 웃으며 말했다. 너무 밝으면 어둠도 그만큼 깊은 법. 아침이면 눈부시게 푸른빛으로 출렁이던 바닷물도 먹먹한 침묵으로 가라앉고 있었다. 그도 나도 바다 위에 감도는 무거운 빛을 한동안 물끄러미 바라보고 서 있었다. 뒤돌아보지 않고도, 그의 표정이 씁쓸하게 일그러지는 것을 느낄 수 있었다.

"아, 꽃이 피었네."

기대를 하지 않는데, 벌써 세번째 손톱만한 장미꽃이 붉게 피어 있었다. 작년 이맘때 퇴근길에 사들고 온 작은 화분은 얼핏 작은 장미 꽃다발 같았다. 나도 몇 번 마트 화원에서 즉흥적으로 사본 적이 있는데, 꽃이 지면 이파리도 누렇게 떠서 말라 떨어지고 빈 줄기만 초라하게 남아서 휴지통에 버리곤 했었다. 그런데 그가 사온 화분의 장미는 자주 물을 뿌려주어서 그런지 꽃이 지면 싱싱한 초록 이파리가 돋아났고, 며칠 후에 무심코 눈을 돌려보면, 앙증맞은 꽃봉오리를 수줍게 내밀었다. 정남향은 아니었는데, 식물들이 잘 자라는 것으로 보아 양기가 충만한 집이었다. 화단이 따로 있지는 않았지만, 내 손으로 기르는 식물들이 적지 않았다. 이사 때마다 오종종하게 나를 따라온 애틋한 생명들이었다.

"아이를 얻으려고 이루 말할 수 없는 고통을 감내하는 커플들도 많은데, 도대체 우리는 뭐가 문제인 거야. 너무 잘되어서 시샘을 하나?"

그가 몸을 크게 흔들며 허탈한 웃음을 터뜨렸다. 그 바람에 나도 그의 흔들림에 휩쓸렸다. 그가 진저리를 치며 수염으로 깔깔한 얼굴을 내 귀밑에 묻었다. 후끈한 열기가 목을 간질이며 가슴속으로 파고들었다. 이 년 전 처음 임신이 되었을 때, 그는 방심한 것을 인정하며, 아주 이성적으로 내 의사를 물어왔다. 나는 여느 여자들처럼 아이를 품은 행복감을 드러내지 않았다. 아이로 인해 의무적으로 결혼을 해야 하는 부담감을 서로에게 지우고 싶지 않았다. 나 역시 그처럼 아주 이성적으로 대답했다. 아직 결혼에 대한 확신이 서지 않았고, 더욱이 아이를 낳을 만큼 마음의 준비가 되어 있지 않다고. 그는 냉정할 정도로 신속하게 중절수술 수속을 밟았다. 그리고 육 개월 뒤, 무심결에, 또다시 임신이 되었다. 그러나 그도 나도 처음과는 달랐다. 놀라지 마, 어머니께 말씀드렸어. 이제 내 나이도 생각해야 하고. 그는 얼굴을 붉히며 어렵게 말했고, 나는 고개를 끄덕였다. 마트에서, 또 놀이터에서 유모차의 아기를 보면 그냥 지나쳐지지 않았다. 그것도 한 달, 내가 B시로 직장을 옮겨 내려오면서, 가을에 열릴 국제영화제 준비로 일주일이 멀다 하고 초고속 열차로 서울을 왕래하고, 해외 작품의 프린트 수급 일정을 맞추느라 간을 졸이며 연일 철야 작업을 강행하다가 급기야 하혈, 병원으로 실려갔다. 의사는 스크린 아래쪽에 맺혀 있는 검은 핵을 가리키며 크기로 보아서는 칠 주째, 그러나 심장이 움직이지 않은 지는 며칠 된 것 같다며 패혈증으로 발전할 가능성이 우려되니 당장 수술을 권했다. 마취에서 깨어나자, 그가 내 배 위에 손을 얹고 잠들어 있었다. 그의 손에 내 손을 얹으면서 결혼을 결심했다. 순리대로 아이를 낳고 싶었다.

"사실, 어제 네 전화 받고, 도저히 발길이 떨어지지 않았어."

어제 그는 아홉시가 다 되어 왔다. 회의가 늦게 끝나서였지만, 그 회의는 그가 언제든 중지할 수 있었다. 그러나 그는 그렇게 하지 않았고, 예정대로 동료들과 저녁 회식까지 마치고 왔다. 의사는 내 무리한 스케줄이 유산의 결정적인 요인이 아니라고 분명히 말했다. 오히려 염색체의 불완전한 수정일 가능성이 크다고 보았다. 건강관리에 철저한 그로서는 유전적 요인을 받아들이지 않으려고 했고, 어디까지나 나의 무리한 일정, 그리고 무엇보다 그 일정을 감행하는 내 태도에 문제가 있는 것으로 이해했다. 그렇게 보면, 처음엔 둘의 합의가 있었지만, 지난 두 번은 전적으로 나에게 책임이 있었다. 입 밖에 내지는 않았지만 그는 결정적으로 내가 아이를 거부하고 있는 것으로 오해하고 있는 듯했다. 어제 그가 전화를 받고도 바로 달려오지 않은 것에는 내 행동에 대한 암묵적인 비난의 의미가 담겨 있었다.

"우리, 다시는 이러지 말자."

그는 거구를 내게 맡긴 채 잠시 흐느꼈다. 겨드랑이 사이로 껴안고 있던 그의 팔을 고스란히 되돌려주고, 서둘러 옷을 입고 나왔다. 경주에 간다는 말은 하지 않았다.

*

고속도로 진입로에서 오란의 전화를 받았다. 생기 넘치던 오란의 목소리는 하룻밤 만에 된서리를 맞은 듯 무겁고 축축했다. 재촉 전화인 줄 알았는데, 뜻밖에 관조 스님의 입적 소식을 알렸다.

"어제 아침, 열시 삼십오분경 일산 동국대병원에서……"

오란은 말끝을 흐리더니 짧게 오열했다. 몇 년 전에도 오란은 그렇게 흐느꼈었다. 우진을 땅에 묻고 와서 일주일쯤 뒤 해질녘이었다. 잠이 오지 않는다고, 눈이 감기지 않는다고, 누웠어도 등이 허공에 떠 있는 것 같다고, 앞이 캄캄한 게 아니라 온통 하얗다고, 가도 가도 구름 속 같다고, 아니 그게 뭔지 모르겠다고, 무섭다고 했었다. 나는 오란이 다 울도록 속절없이 전화기를 들고 있어야 했다. 오란이 그 깊은 구름 속에서 빠져나와 특유의 투명하고 발랄한 생기를 되찾기까지 삼 년이 걸렸다.

"두 눈은 실명한 사람들에게, 법구法軀는 병원에 기증했기 때문에 다비식 없이 영결식만 거행될 거래."

두 달 전 스님을 뵈었을 때, 육신의 살은 공기중에 흡수된 듯 야월 대로 야윈 반면 눈은 수정처럼 맑고 단단해진 것을 보고 죽음을 예감했었다. 그러나 이토록 빨리 그것이 당도할 줄은 몰랐다.

"지금 택시를 타고 출발했으니까, 나는 식중에 도착할 거야."

그러지 않아도 며칠 전 파리의 프로스트 교수로부터 이메일이 왔었다. 이 년 전 겨울, 서울에 왔던 그녀에게 『꽃살문』이라는 관조 스님의 책을 선물한 적이 있었다. 동양, 특히 한국의 전통미에 깊은 심미안을 가지고 있던 그녀인지라 통도사, 내소사, 범어사, 운문사 등지의 꽃살문을 보고는 관조 스님과 함께 작업을 하고 싶어했다. 그녀는 동양언어학을 전공한 학자였지만, 요가 교수 자격증을 가진 전문가였고, 이십 년 넘게 유럽의 들과 계곡, 무인도를 찾아다니며 영적인 상태의 몸과 자연의 조화를 사진에 담아왔다. 지난 10월 하순 마침 제

주도에서 열리는 국제 한국학대회에 참가하게 되었고, 돌아가는 길에 내가 있는 B시에 들러 함께 스님을 만나 뵐 수 있기를 희망했다. 스님을 만나려면 오란과 통해야 했다. 그녀는 『꽃살문』을 출판한 최욱 사장과 대학 선후배 사이였고, 그를 통해 우진의 사십구재는 물론이고, 기일 제사를 관조 스님께 의탁했었다. 그 인연으로 일 년에 한두 번 스님을 찾아뵙는 것으로 알고 있었다. 삼십여 년째 오직 카메라 하나만을 지고 산천을 떠돌며 사진 수행중이라 스님과 약속을 잡기란 쉽지 않았다. 그러나 예의로라도, 오란에게 프로스트 교수의 청을 알렸는데, 연이 닿으려고 그랬는지, 며칠 만에 관조 스님과 약속이 이루어졌다. 그날 가을 산사는 더할나위없이 맑고 그윽했다. 범어사 한켠 허름한 요사채 안심료에서의 관조 스님과 마틴 프로스트 교수의 만남은 해와 달, 구름과 바람, 대지와 바다의 어울림처럼 크고, 깊고, 자연스러웠다. 스님은 차를 내주시고는, 지그시 바라보시며 내내 가만히 앉아 계셨다. 지그시 바라보시는 그 눈빛이 수정처럼 맑았다. 그러나 스님의 눈동자에는 수정의 투명성과 함께 불립문자不立文字 저 너머의 세계가 오롯이 담겨 있었다. 다과 보살이 조용히 들어와 스님께서 오래 앉아 계실 수 없음을 주지시켰다. 모두 합장을 하고 일어서려는데, 프로스트 교수가 간절하게 여쭈었다. 작업을 해주실 수 있을지요? 그러자 스님은 소리를 거의 거두어들인 음성으로, 그러나 한마디 한마디 또렷하게 말씀하셨다. 봄에, 봄이 오면 알게 되겠지. 스님께 합장하며 모두 가슴에 봄이라는 희망을 새기고 자리에서 일어났다. 오란은 마루로 배웅을 나온 스님을 세워두고 사진을 찍었다. 프로스트 교수가 때를 놓치지 않고 스님을 가운데 모시고 사진 찍기를 청했다. 스님은 말없이, 모두 응하셨다. 모두들 얼굴엔 웃음을 띠었지만 속은 곧 닥칠 무서운 슬픔으로 얼어붙었다. 스님은 잘 가라고 손을 저었는데, 떠날 사람들은 발길이 떨어지지 않아 합장을 하고 또 했다. 옆에서 다과 보살이 애를 태우다가 스님을 모시고 안으로 들어갔다. 처마끝에 매달린 꽃분홍색 연등이 처연히 눈길을 끌었다.

"지난번 마틴 선생하고 만났던 최욱 선배도 내려오는 중이야. 잘하면 제시간에 닿을 것 같다고 하니까, 먼저 인사하고."

오란의 흐느낌을 뒤로하고 톨게이트에서 범어사 쪽으로 핸들을 돌렸다. 스님의 입적이 그녀에게 남다른 울음을 불러오는 것은 어쩔 수 없는 노릇이었다. 영결식은 열한시, 이십 분가량 남았다. 도로가 막히지 않으면 제시간에 도착할 수 있을 것이다. 온몸에 미열이 흐르고, 이마에서는 식은땀이 흘렀다. 치우에게서 문자메시지가 왔다. 어디를 간 것이니…… 답장을 하지 않았다. 아니, 핸들을 잡은 손으로 문자를 보낼 수가 없었다. 다시 메시지가 도착했다. 무리하지 마라, 몸을 생각해야지…… 그는 나를 자극하지 않으려고 조심하고 있었다. 신호등마다 연속적으로 파란불, 차를 멈출 수 없었다. 범어사가 멀지 않았다.

집에서 나오기는 했어도, 곧바로 오란에게 가는 길이 아니었다. 등 뒤에 닿은 치우의 체온과 더해오는 무게를 온몸으로 감당하면서 견딜 수 없는 웃음과 주체할 수 없는 울음이 동시에 터져나오려고 했다. 그때 홀연히 신라의 우물이 생각났다. 그 우물은 경주박물관의 미술관 신축 공사 때 발견된 천 년 유적으로, 김수창은 우물에서 발굴된 어린아이 인골과 그에 얽힌 사연을 소개했었다. 천 년 전 한 아이가 죽었다. 사인死因은, 주위에서 놀다가 우물에 거꾸로 떨어져 추락사했거나, 아니면 누군가 의도적으로 아이를 우물에 던져 죽인 것, 곧 타살이거나 둘 중의 하나였다. 사고사였다면, 아이를 거두어 다른 곳에 묻어주는 것이 인지상정이었다. 타살일 가능성이 컸는데, 함께 발굴된 동물의 뼈와 각종 유물로 보아 어린아이를 희생물로 바쳤을 것이라는 것이 김수창의 의견이었다. 놀라운 것은 그 아이의 인골이 우물의 맨 바닥 뻘층에 묻혀 있어서 거의 온전한 형태로 발굴되었다는 것이었다. 나는 그 우물, 천 년 동안 아이를 고이 품어온 그 우물이 보고 싶었다. 그 시커먼 속을 들여다보고 싶었다. 세상에서 가장 깊은 우물이라 했다. 어린아이를 집어삼킨 무시무시한 우물로 알려지기도 했다. 우물이 그대로 보존되어 있을지는 알 수 없었다. 그러나 그 인골은 박물관에 전시되어 있다고 하니 눈으로 확인할 수 있을 것 같았다.

범어사에 이르는 금정산 입구에서 또 메시지가 왔다. 아까는 미안하다. 다 잊고, 돌아와. 사 년 전 가을, 치우를 만난 지 얼마 되지 않아 그와 처음으로 이 길을 걸었다. 그는 남고, 나는 돌아가야 했는데, 일요일 오후라 기차표가 매진되어서 곧바로 고속버스터미널로 달려갔더니, 두 시간 후에 출발하는 표밖에 없었다. 그는 오히려 잘되었다고 하면서 근처 범어사로 나를 이끌었다. 범어사는 일주문의 네 기둥부터 보는 이를 압도했지만, 그때 내 기억에는 유독 문이 많고, 벽화가 풍부한 절이었다. 천왕문의 설산과 벚꽃, 불이문不二門을 지나 가파른 계단을 밟고 올라서면 만나는 보제루의 십우도十牛圖. 금방이라도 성큼성큼 걸어올 듯 생생한 관음전의 맹호도, 벽돌색 줄기가 뱀처럼 선명한 매화도. 한 시간여 경내를 돌아보고 일주문을 나서는데, 그가 뒤를 돌아보라고 했다. 비스듬히 서 있던 내가 일주문을 향해 바로 돌아서자 그가 내 어깨에 두 손을 얹고는 무엇이 보이느냐고 물었다. 그와 나는 같은 방향으로 같은 대상을 향하고 있었다. 내가 그의 말뜻을 금방 알아듣지 못하는 듯하자 그가 다시 물었다. 불이문이 보입니까? 그는 짐짓 자신은 통했다는 듯이, 그러면서 한편으로는 장난스럽게 웃었다. 일주문과 천왕문과 불이문을 두 발로 직접 들고 난 심정으로는 당연히 그 자리에서 불이문이 보여야 했으나, 일주문의 네 기둥만 우뚝할 뿐, 불이문의 자취는 숨바꼭질하듯 묘연했다. 일주문 기둥에 활달한 필체로 쓰여 있는바, 선禪 사찰의 본산이니 내 얕은꾀로 그 깊은 뜻을 헤아릴 수는 없었다. 다만, 일주문에서 천왕문, 불이문에 이르는 길이 똑바르지 않고, 계단이 가팔라 아득하고, 멀게 보인다는 것을 새삼 확인할 뿐이었다.

오르막에 커브가 잦은 일방통행로라 마음과는 달리 서행을 해야 했다. 스님의 영결식에 가는 보살들인지 보따리를 이고 진 아주머니 둘이 손을 들었다. 자동차 뒷좌석에 그들을 태우면서, 치우에게 답장을 보내려고 몇 자 누르다가 폴더를 닫았다. 뒤에 줄지어 올라오는 차량 행렬을 외면할 수 없었다. 보살들을 태우고 보니 고부간이나 모녀간으로 보였다. 젊은 보살은 연신 손수건으로 눈가를 찍어냈고, 노인 보살은 입을 옴팡지게 다물고는 처연한 눈길로 창밖만 바라보았다.

*

대웅전 아래 보제루 앞마당에서 관조 스님의 산중장山中葬이 거행되었다. 사백여 명이 넘는 불자와 신도가 마당가 종루 앞에 마련된 영정을 향해 고개를 숙였다.

금정金井의 한 노옹老翁이 며칠 전 적막 속으로 홀연히 빛을 감추었다. 어느 세계로 출리出離하셔서 이처럼 깊고 적막합니까?

중간중간 속울음으로 말을 잇지 못하던 도반道伴 산옹 스님의 조사弔辭가 눈물샘을 자극했다. 옆에 앉은 오란은 오히려 의연했다. 관조 스님과 사진으로 인연을 맺었던 강우방 전 경주박물관 관장의 조사는 단지 슬픔과 칭송에 그치지 않고 삼십여 년간 사진으로 부처님의 뜻을 전해온 영상 포교의 진가를 제대로 대접하지 않은 불교계 전체에 던지는 날카로운 비판이었다. 강선생의 쟁쟁한 목소리가 금정산의 음울한 하늘을 찌르는 듯했고, 급기야 빗방울을 머금은 찬바람이 경내를 숙연히 휘저어놓았다. 오란을 남겨두고 식장에서 빠져나와 나한전과 팔상전, 독성전을 거쳐 안심료로 향했다. 격자매화꽃살문, 띠살과 빗살문, 솟을매화꽃살문까지 스님의 눈길이 오래 머물렀던 꽃살문들을 하나하나 스쳐지나갔다. 풍경 소리도 숨죽이고 오직 관조觀照로 일관한 스님의 존재를 되새기고 있는 듯했다. 다시 보제루로 내려와 십우도를 올려다보며 에돌았다. 목탁 소리를 들으며 열 폭의 그림 속에서 소의 자취를 따라 돌았다. 두 마리의 소, 붉은 소가 흰 소가 되더니 마침내는 아무것도 없는 텅 빈 세계가 되었다. 원점에서 문득 발밑을 내려다보니 불이문이 늠름히 지붕을 떠받들고 서 있었다. 아까 마을에서 태우고 왔던 두 보살이 생각났다. 그들은 나와 함께 영결식장으로 향하지 않고 일주문에서 왼편 계곡 쪽으로 서둘러 걸어갔다. 합

장을 하려는 그들에게 어디로 가느냐고 묻자, 돌우물을 찾아간다고
했다. 그때 영결식을 알리는 타종 소리가 울렸고, 그들도 나도 합장
을 하고는 각자의 길로 걸음을 재촉했다. 불이문을 지나 보제루로 오
르는 계단을 밟으면서 보살이 말한 돌우물을 생각하다가 이 산의 유
래가 된 황금 우물에 생각이 미쳤다. 허술하게 입고 나온 옷 때문인지
남몰래 흘린 눈물이 마르면서 한기가 몰려왔다.

*

대문가에 서서 안심료를 건너다보고 서 있었다. 세상의 고요가 모
두 거기 깃들어 있었다. 빈 댓돌에 눈길이 닿았다. 처마에 매달린 꽃
분홍색 연등이 홀로 고왔다. 등뒤에서 발걸음 소리가 요란했다. 단풍
이 절정, 한 떼의 등산객들이 바람을 일으키며 지나갔다. 나는 문 하
나를 사이에 두고 두 세계에 걸쳐 서 있었다. 경쾌한 소리, 투박한 소
리, 엉기는 소리, 육중한 소리. 그들의 발걸음이 일으키는 소음은 걷
는 것, 오르는 것, 그러니까 살아 있는 것은 끊임없이 나아가는 행위
라는 것을 새삼 일깨워주는 것 같았다. 정말 황금 우물이 있는 거야?
그들 중 누군가 물었고, 또 누군가 대답했다. 황금 우물을 찾는 사람
에게는 황금 우물이고, 하늘 우물을 찾는 사람에게는 하늘 우물이지.
또다른 누군가가 끼어들었고, 앞서 대답한 누군가가 또 받아 말했다.
노란 단풍이 곁들면 황금 우물이요, 날아가는 새가 곁들면 하늘 물고
기, 하늘 우물 아닌가. 결국, 그 사람이 찾는 것이 그 사람의 것이란
말이지. 이 사람, 선문답하나? 싱겁기는. 묻고 대답한 사람들은 벌써

계곡을 돌아 멀어지고 있었다. 몸을 돌려 그들이 사라진 계곡 길로 들어섰다. 어디에 있는 거니? 오란으로부터 문자메시지가 왔다. 돌아설까, 하다가 내처 걸었다. 치우에게 답장을 보냈다. 어디로 가느냐고 묻지 마라. 스님의 다정다감한 목소리가 귓가에 메아리쳤다. 금정산 길, 피보다 붉은 단풍을 보았다. 내려와서 뒤돌아보니, 그것이 마지막 단풍이었다. 일주문 밖 치우의 모습이 어른거렸다. 저녁 바람이 불었다.

---

* 소설 속 신라 우물 부분을 집필하는 데에는 고인골 전문가 김재현 교수(동아대학교 고고미술사학과)의 도움이 있었다. 그의 논문(「연결통로부지내 우물 출토 인골에 대한 소견」, 『국립경주박물관부지내 발굴조사보고서』, 국립경주박물관, 2002)과 그의 홈페이지에 소개된 슬개골을 참조했음을 밝힌다.

꽃
핀
언
덕

일 년 내내 구름 한 점 없는 하늘, 그것도 하늘일까. 나무 같지 않은 나무들이 기린의 목처럼 허공에 훌쩍 떠 있었다. 이름이 뭐냐고 물으면 사람들은 대추야자나무일 거라고 추측할 뿐 누구도 정확한 이름을 알지 못했다. 잎도 가지도 없이, 열매도 꽃도 없이, 줄기만으로 하늘 높은 곳에 산발한 듯 머리채를 휘저으며 서 있는 그들은 태양에 홀린 사자死者들 같았다.

북옥스퍼드 거리를 벗어나자 택시는 공항까지 막힘없이 질주했다. 헤어진 지 채 오 분도 안 되어 U의 모습은 발굴터의 화석처럼 하얗게 표백되어갔다. 하늘이고 언덕이고 나무고 언덕 아래 시가지고 할 것 없이 세상이 온통 햇빛으로 캄캄했다. 영영 그러고만 있을 것처럼 U는 머리 위로 쏟아지는 햇빛을 받으며 이마를 찡그린 채 난간에 기대어 서 있었다.

열흘 전 LA 상공에 들어섰을 때와는 달리 비행기에 올라타자마자 창문을 닫고 눈을 감았다. 뉴욕을 떠나면서는 줄곧 기내 창 밖을 살피던 것과는 대조적이었다. 무엇이 달라졌는가. 몸에 스위치가 부착되어 있다면 전원을 내리고 깨끗한 암전 상태에 들어가 쉬고 싶었다. 안대와 이어폰으로 눈과 귀를 틀어막았다. 이어폰에서 보니 엠의 〈서니 sunny〉가 흘러나왔다. 흘러간 팝송, 아무래도 좋았다. 잠만 잘 수 있다면. 적도의 열매처럼 매끄럽고 단단한 보니 엠의 목소리가 귀에 닿자 어린 시절의 한여름 속으로 곧장 빨려들어갔다. 그 노래를 들으며 나는 버스를 타고 중학교를 오가고, 방바닥에 엎드려 숙제를 하고, 그리고 바빌론 강가와 태양의 나라를 꿈꾸었다. 삶이 갑자기 혼란스러워지고, 해질녘이면 근원을 알 수 없는 우울이 악마의 피처럼 엄습하는 사춘기 무렵이었다. 위로와 희망의 찬가 〈서니〉는 낮꿈의 환각과 우울을 한 방에 날려보내주었다. 보니 엠의 〈서니〉에서 한참 멀어져 조지 벤슨의 재즈기타로 또다른 〈서니〉를 만났을 때, 내 나이는 서른을 훌쩍 넘어가 있었다. 보니 엠이든, 조지 벤슨이든 이제는 비행기가 이륙할 때 일으키는 현기증만큼이나 급격히 까마득해진 노래였다. 비행기가 상공에서 안정을 찾자 비로소 잠이 몰려왔다. 굳게 감은 눈꺼풀 속으로 꽃분홍색 니트를 입고 살짝 미간을 찌푸리며 카메라 렌즈를 바라보고 서 있던 U의 모습이 어른거렸다. 보니 엠과 서니와 U의 찡그린 미간과 꽃분홍색이 하나의 빛 타래를 이루며 동굴 속을 회전하는 듯했다. 서니, 고마워요…… 당신 얼굴에 지은 미소……

*

해안가 언덕에 꽃분홍색 니트를 입고 찡그린 미소를 짓고 서 있던 U의 영상을 마지막으로 나는 태평양을 건넜다. 그리고 돌아온 지 석 달이 다 되도록 그녀에게 어떤 연락도 하지 않았다. 헤어질 때는 돌아가자마자 전화하겠노라고 그녀의 투박한 두 손을 그러쥐었던 나였다. 그런데 태평양을 건너오면서 그 마음은 물거품처럼 사라져버리고 마치 결별을 선언한 사람처럼 이따금 책상 위에 놓인 전화기를 보면 그녀를 생각하면서도 정작 전화기를 들지 않았다. 대신 보니 엠과 조지 벤슨의 〈서니〉를 귀가 닳도록 번갈아 들었다. 그리고 어제 심야의 도로에서, 그녀를 찾는 전화를 받았다. 독일 하노버에서 살고 있는 그녀의 친구 R이었다.

U라는 존재 없이 R과 직접 연결되는 경우는 없었으므로 그 전화는 곧 U와 관계된 일을 의미했다. 일상적인 인사말이 오갈 새도 없이 R의 입에서 U의 이름이 튀어나왔다. 나는 올 것이 오고야 말았다는 쓸쓸함으로, 그러나 구구한 해명거리도 찾으려 애쓰지 않으면서 R에게 귀를 기울였다.

"혹시, 그날 언덕에서 U의 사진을 찍지 않았니?"

언덕이라면, 백색 전차를 타고 올라갔던 샌타모니카 해변의 브렌트우드 언덕을 가리키는 것이었다. 언덕 위에는 캘리포니아의 명물인 게티박물관이 있었다. 심야의 빗길에 운전중이던 나는 집으로 들어가는 대로 사진을 찾아보고 곧바로 전화해주겠다고 말하고 서둘러 끊었다. 핸드폰 폴더를 닫고 나서 왜 그러느냐고 묻지 않은 것을 깨달았다.

*

지난여름, 미국에서 찍었던 디지털카메라의 메모리카드는 여행에서 돌아와 서가 위에 올려놓은 그대로 먼지를 뒤집어쓴 채 자리를 지키고 있었다. 스무 개의 여행 폴더 중 마지막 LA 폴더에 U의 사진이 있었다. 꽃분홍색 반팔 니트를 입은 U는 두 팔을 난간에 기댄 채 햇빛에 찡그리며 웃고 있었다. 벌린 겨드랑이 사이로 빛이 충만했다. 전송파일로 지정하고 LA 폴더를 닫으려다가 그 옆 라스베이거스 폴더를 클릭했다. 화면에 백 장의 사진이 펼쳐졌다. 모하비사막, 선인장, 온도계 탑, 죽음의 계곡, 그리고 라스베이거스. 사진이 아니라면 내가 거기에 다녀온 것을 믿을 수 없을 정도로 아득하게 느껴졌다. 백 장의 사진 중 하나가 어색하게 눈길을 끌었다. L이었다.

돌아와 삼 개월이 지나도록 U에게 연락을 미루고 있는 데에는 L의 존재가 장애물처럼 가로놓여 있었다. L은 U의 남편이었다. 십 년 전 서울 사간동 출판문화회관에서 치른 U의 결혼식에서 보고 LA에서 두 번째로 만났다. 당시에 듣기로 목회자의 길을 가고 있는 사람이라고 했다. 그런데 십 년 만에 만난 그는 목사가 아닌 목수로 살고 있었다. 변한 것은 직업뿐이 아니었다. 이마에 깊게 팬 주름과 불규칙하게 부스러진 앞니로 인상이 무척 비루해 보였다. 그러나 그것은 그가 입을 열기 전까지의 피상적인 모습에 불과했다. 그가 입 밖에 내는 말들에 조금만 귀를 기울여보면 비루함이 오히려 날카로운 창이 되어 상대방을 제압했다. 천국에서 한순간 지옥의 나락으로 떨어진 자의 자만과 허무라고 해야 할까. 그가 뒤집어쓰고 있는 비루함은 위협과 동시에 쓸쓸함을 던져주었다. 사진 속의 L은 바로 그 허무의 끝, 특유의 체념 섞인 조소嘲笑의 표정을 떨치고 활짝 웃고 있었다. 그 웃음 속에서 이마에 깊게 팬 주름과 엉성한 앞니가 도드라져 보였다.

사진을 찍던 순간이 떠올랐다. 네 시간 동안 쉬지 않고 사막의 고속도로를 달려 L은 라스베이거스로 진입하기 전 리틀 라스베이거스라는 곳에 차를 세웠다. 여기에서 일단 분위기를 익힌 다음 진짜 라스베이거스로 들어가는 것이 순서라고 했다. 핸들을 고정시키고 차에서 폴짝 뛰어내리는 동작이 경쾌했다. LA에서 보았던 이상한 나무들이 역시 큰 키를 자랑하며 열사熱沙의 허공에 휘적휘적 치솟아 있었다. 그 사이로 왕궁 모양의 지붕을 이고 있는 호텔들이 키다리 나무들처럼 비죽비죽 서 있었고, 허공에 모노레일 전차가 호텔과 호텔 사이를 주기적으로 오가고 있었다.

사진 속의 인물은 이상한 나무와 왕궁 모양의 호텔들 사이에 카지노라고 쓰인 간판을 가리키며 렌즈를 바라보고 있었다. 나는 하마터면 L을 찍지 않을 뻔했다. 탈바가지를 뒤집어쓴 듯한, 아니 그것이 본얼굴인 듯, 어정쩡한 조소를 벗어던지고 해탈한 듯 폭발하는 웃음이 괴기스러울 정도로 낯설었다. 그는 오랜 고투 끝에 비로소 제 세상에 돌아온 듯 한없이 느꺼워하고 있었다. U의 헤어날 길 없는 불행의 연원을 알 것 같았다. U는 불행하다고 말한 적이 없었다. 나는 잘못 끼어든 생각을 헤쳐버리듯 고개를 저었다.

그날 아침 아홉시, 약속시간에 맞춰 북옥스퍼드 거리의 U의 집 앞에 도착하자 L은 밴을 도로에 대기시켜놓고 피크닉 박스를 싣고 있었다. U의 모습은 보이지 않았다. 사흘 전 LA에 도착하자, U는 내 짐을 집안에 부려놓고는 점심을 사주겠다며 나와 남편을 쌈밥집으로 데리고 갔다. 자신이 한동안 일했던 식당인데 불고기 맛이 좋다고 했다. 점심을 먹고 간단한 세면도구를 챙겨 세틀백에 있는 호텔로 갔다가 다음날 아침 그녀에게 가보니 그녀는 몰라보게 창백한 얼굴로 거실 바닥에 누워 있었다. 십 년 만의 해후로 반가움이 지나쳤던지 쌈밥이 얹혀 급체를 한 것이었다. 이후 식당일에 매여 있어서 전화통화만 할 뿐 그녀와 만나지 못했다. 대신 우리가 매일 만나 시간을 보낸 것은 L이었다. L은 우리와 시간을 보내기 위해 기꺼이 휴가를 낸 것이니 전혀 부담 갖지 말라고 강조했다. 그러나 그것은 오히려 우리의 의사를 전혀 헤아리지 못한 일방적인 배려였다. 시간이 갈수록 우리가 LA에 온 것은 멕시코도 U도 아닌, L을 만나러 온 것이라는 기묘한 기분에 사로잡혔다. 그리고 급기야는 예정에도 없던 라스베이거스까지 그와 함께 가야 했다. 무엇이 잘못된 것인가. 라스베이거스를 향할 때 L의 유난히 밝은 표정과 경쾌한 발걸음, 반면 핏기 없는 얼굴로 거실 바닥에 누워 있던 U의 굳은 표정 사이에 진실이 있었다.

아픈 그녀를 남기고, 게다가 두 아이까지 있는 마당에, 굳이 L이 우리를 위해 라스베이거스에 갈 필요는 없었다. 라스베이거스에 꼭 가야 한다면 여행사를 통하면 되었다. 그런데 U는 펄쩍 뛰면서 변변찮은 집에 초대해놓고 체하기까지 해서 미안해죽겠는데 남편이 차로 라스베이거스에 데려다준다고 하니 얼마나 다행인지 모른다고, 라스베이거스에 다녀오면 거뜬히 나아 있을 테니 정말 부담 없이 다녀오라고 극구 내 등을 떠밀었다. 나도 그렇고 남편도 평소 고스톱은 물론이고 민화투 짝도 맞추지 못하는 게임치여서 게임과 환락의 천국이라는 라스베이거스에 전혀 매력을 느끼지 못했다. 그러나 우리는 라스베이거스에 가야 했다. 나도 남편도 아닌 U와 L을 위해. 살다보면, 뜻하지 않은 길로 접어드는 일은 순식간이었다. 공항에서 만난 지 단 몇 분 만에 L의 꼬임에 홀린 것을 달리는 그의 차 속에서 깨달았다. 그러나 취소하는 것이 생각보다 쉽지 않았다. 결과적으로, L은 라스베이거스에 가고자 몇 년 동안 별러온 사람 같았다. 그런 그에게 우리는 아주 좋은 빌미가 되어준 것이었다. 몸만 오면 된다고, 캘리포니아의 눈부신 태양과 멕시코까지 이어지는 해안을 기차로 달리게 해주겠다고 초대했던 U가 무책임하게 느껴지기도 했다. 하늘처럼 그녀만 믿고 왔는데, 급체까지 한 마당에 더더욱 그녀에게 얹혀 지낼 수 없어 우리는 매일 밤 이 호텔 저 호텔 빈방을 찾아 전전하는 신세로 전락해버렸다. 여름 바캉스 시즌이라 빈방을 구하기는 하늘의 별 따기였고, 그나마 천정부지로 오른 가격을 감수하면서 겨우 하룻밤 의탁하려고 들어가면 채 환기되지 않은 방에선 담배와 술 찌꺼기 냄새가 코를 찔렀다. 그날 갈아입을 속옷과 칫솔과 치약을 휴대하고, 짐을 볼모로 U와 연결된 생활에 남편은 염증을 내기 시작했다.

L은 첫날 공항에서 픽업해서 데리고 오면서부터 몇 해 전 한인타운에서 일어났던 총격전 사건을 들려주면서 우리의 행동반경을 제한했다. 길이나 익히자고 두 블록 떨어진 호텔에서 U의 집까지 걸어가자 L은 언제 총알이 날아와 박힐지 모르는데 겁도 없이 나다니는 거냐고 특유의 웃음을 입가에 흘리며 농담조로 말했는데, 그것은 정색을 하고 충고하는 것보다 심하게 마음을 헤집었다.

결국, L이 아니면 우리는 물도 살 수 없었고, 돈도 바꿀 수 없었다.

준비해놓겠다던 지도나 약도, 그곳을 효과적으로 둘러보는 데 도움을 주는 여행책자는 눈을 씻고 보아도 찾아볼 수 없었다. 그들은 여행과는 담을 쌓고 사는 사람처럼 그 흔한 여행책자 하나 없었고, 개수대는 언제나 설거짓거리로 넘쳐났다. 그러니 우리는 L이 데리고 가는 곳에만 갈 수 있었다. L과 헤어지면 밤이었고, 우리의 수중에 우리가 잠들고 깨어나는 도시의 지도나 약도가 없다는 것을 치명적인 약점으로 인정해야 했다. 마음을 달리 먹으면, 얼마든지 지인을 찾을 수 있었고, 다른 조처를 취할 수도 있었다. 그러나 U의 초대를 받고 온 이상 그녀의 마음을 최대한 존중해야 했다.

현대 도시에서 시스템을 모른다는 것은 불구의 삶, 곧 마비를 의미했다. U의 삶에 온전히 동화되지도, 그렇다고 L과 매몰차게 거리를 두지도 못한 채 LA에서의 우리는 하루하루 지쳐갔다. L이 우리의 여행을 주재하는 한 우리는 길 잃은 두 마리의 양에 불과했다. 말없이 필요한 것들을 지원해주던 옛날의 U는 너무 멀리 있었다.

*

L의 사진 파일을 휴지통에 버리기 전에 잠시 망설였다. 라스베이거스로 가는 길, 사막의 고속도로를 달릴수록 나는 바다를 느꼈다. 바닷속에 들어가면 사막을 볼 수 있을까? 나의 싱거운 중얼거림에도 L은 고개를 끄덕였다. 우리 셋, 그러니까 나와 남편, 그리고 L은 라스베이거스를 향해 달려갔다. 첫날의 약속이 감행된 것이었다. 약속이라고 했지만, 사실은, 악마의 속삭임에 넘어간 것이나 다름없었다. LA를

찾는 여행자들의 노정과는 달리 나와 남편의 머릿속에는 멕시코 이외에 아무것도 없었다. 특히 남편은 오랫동안 연구해온 광기의 예술가 앙토냉 아르토가 체류했던 멕시코의 타라후마라 부족마을을 취재할 생각에 기대가 컸다. 사실 LA의 U를 찾아온 것은 그녀의 남편, 그러니까 L이 멕시코통이어서 편의를 도와줄 수 있다는 말을 들었기 때문이었다. 그런데 L은 공항에서 만난 지 채 십 분도 되지 않아 LA에 오셨으니 라스베이거스에 가봐야죠? 라고 나를 바라보며 물었고, 나는 그랜드캐니언, 요세미티국립공원, 디즈니랜드, 유니버설 스튜디오, 할리우드 등을 머릿속으로 떠올렸다가 이내 지워버렸다. L이 대답을 재촉하듯 나를 다시 바라보았고, 남편이 짐짓 〈라스베이거스를 떠나며〉라는 영화 운운하며 아는 체를 했다. 그러자, 시작부터 끝까지 술을 먹는 장면으로 채워진 영화는 영화사상 그 작품이 유일할 거라며 L이 되받더니, 곧이어 먹이를 채가는 매의 감각으로 우리가 라스베이거스에 간다면 자신이 직접 동행하며 안내하겠다고 적극적으로 나섰다. 그러고는 라스베이거스 이야기에 열을 올렸는데, 라스베이거스를 입에 올릴 때마다 L의 눈빛이 섬광처럼 번쩍였다.

멕시코를 계획하고 온 이상 우리에게 라스베이거스에 다녀올 시간은 없을 것 같았다. 나는 남편을 바라보며 고개를 갸웃했다. 그와 눈빛으로 그 사실을 확인하려고 할 때 L이 잽싸게 멕시코에 가려면 위험을 감수해야 한다고 덧붙였다. 국경지역에서는 요즘도 총격전이 빈발한다는 것이었다. 더욱이 남편이 가고자 하는 타라후마라라는 인디언 구역은 일반인이 접근하기 힘든 산악지대이고, 거기까지 연결되는 여행 노선이 있는지 잘 알아보아야 한다고 했다. L이 시간을 내어 우리에게 라스베이거스 안내를 해줄 용의가 있다면, 라스베이거스 대신 멕시코에 함께 갈 수 있지 않을까. 그때까지도 나는 순진하게 그동안 해온 대로 큰 탈 없이 목적했던 곳을 여행할 수 있으리라 믿고 있었다.

*

조슈아트리 암벽을 찾아가는 사람, 죽음의 계곡을 향해 가는 사람, 잭팟 한 방으로 인생을 바꾸려는 사람은 모두 그 길을 갔다. 라스베이거스로 가는 길. 그날 우리는 그중 무엇을 향해 그 길을 달려갔던가. 사막 한가운데에 탑처럼 서 있는 대형 온도계의 눈금은 106°F를 가리키고 있었다. 네바다 주라고 표기된 푯말을 지나 한 시간쯤 달렸을까. 사막의 열기가 유리창을 압박해들어오는 듯 숨이 막혔다. 숨을 크게 한 번 쉬고 나면 찰나적으로 졸음이 밀려왔다. 사막의 고속도로는 가도 가도 거리의 진전을 느낄 수 없었다. 창문을 열고 얼굴을 내밀면 오 초도 못 견디고 숨이 막힐 듯한 열기, 오 분이면 빵처럼 노릇노릇하게 구워질 듯한 빈틈없는 열기였다. 찰나가 영원이 되는 수가 많아서 가변차선에는 졸음 방지용으로 특수 페인트칠이 두껍게 되어 있었다. 곧장 달려가던 자동차 바퀴가 자칫 선을 넘기라도 하면 꿍음으로 정신이 번쩍 났다. 알 수 없는 것이 사람이고, 세상이었다. 풀 한 포기 자라지 못하는 그 열사의 땅에도 사람들이 옮겨와 여기저기 마을들이 건설중이었다. 모하비사막을 지나면서 L은 조금만 더 가면 '죽음의 계곡'이 나온다고 농담처럼 흘렸다. LAX 공항에 내려서부터 줄곧 L과 예상치 않은 동행을 계속하면서 그의 독특한 말버릇에 주목했다.

죽음을 입에 올릴 때면 단 과육을 깨물기 직전의 악동처럼 입가를 일그러뜨렸고, 동시에 한줄기 악마의 숨결 같은 미소가 어른거렸다. 처음엔 허무가 극에 달하면 그러려니 했다. 그런데 함께 보내는 시간이 길어질수록 그의 미소가 이상야릇하게 느껴졌다. 뜻하지 않게 외설스러운 그의 내면을 훔쳐보기라도 한 것처럼 민망해져서 눈길을 돌리곤 했다. 그러나 그것도 한두 번, 계속 피할 수는 없어서 차츰 그 미소를 견디면서, 시니컬한 해탈자의 한 표정으로 다시 생각하게 되었다.

"어떤 이들은 죽음의 계곡을 향해 달리기도 하죠."

L은 정면을 응시하며 덧붙였다. LA에서부터 세 시간째 그는 쉬지 않고 운전을 하고 있었다. 오직 앞으로 향하고 있는 그의 눈꺼풀이 아래로 조금 잦아들고, 이마에 팬 주름살이 조금 더 깊어졌을 뿐, 그의 안색은 그다지 피로해 보이지 않았다. 조수석에 앉은 남편은 열기를 못 이기고 고개를 떨구더니 이내 코를 골았다.

"이 길, 이름이 뭔지 아세요?"

환청인가. L의 목소리가 귓속으로 파고들었다. 나는 정신을 차리고 백미러 속의 그를 쳐다보았다. 빛 때문에 쪼그라들어 있었지만, 그의 눈은 분명 나를 향하고 있었다. 나와 눈이 마주친 순간 바퀴가 선을 넘으면서 굉음을 냈다. 내가 겁먹은 표정을 짓자, 그가 허리를 곧추세우며 핸들도 바로잡았다.

"이 소리가 어떤가요?"

나는 바퀴가 선을 넘는 순간 반사적으로 몸을 웅크렸다.

"듣기 좋은가요? 끔찍한가요?"

귀를 찢어놓는 듯한 그 소리는 다시 듣고 싶지 않을 정도로 고통스러웠다.

"이 소리를 들을 때마다 나는 천국과 지옥을 오갔죠. 우리가 지금 달려가는 곳, 라스베이거스에 가면 이 소리를 듣게 될지도 모릅니다. 잭팟! 한 방 제대로 걸리면, 화면이 온통 섬광으로 번쩍거리면서 이 소리가 나죠!"

나는 그가 무슨 소리를 하고 있는지 도무지 알아들을 수가 없었다. 그가 졸음을 쫓기 위해 혼잣말을 하는구나 착각이 들 정도였다. 그에게 마른오징어 다리를 하나 찢어 건넸다. 운전을 교대하겠느냐고 물으니, 졸음이 올 때면 오징어를 씹으면 된다고 했었다.

"한 방, 통쾌하게 터지는 순간을 위해 일요일이면 네다섯 시간을 쉬지 않고 달려왔어요. 아까 지나온 신학대학에 다닐 때였죠. 엄격하기로 유명한 학교죠."

L은 왜 나에게 이런 이야기를 하는가. 그는 오징어를 건네주어도 받아 씹지 않고, 오직 앞을 향해 눈을 실처럼 가늘게 뜨고 달릴 뿐이었다. 죽음의 계곡을 지나온 지 얼마 되지 않았다. 남편을 깨워야 할 것 같았다. 조수석에 앉은 남편은 아예 등받이에 깊숙이 몸을 파묻고 깊은 잠에 빠져 있었다. 냄새나는 호텔을 전전한 것이 며칠째인가. 하루하루가 예상치 않게 흘러갈수록 그에게 미안한 마음만 쌓여갈 뿐이었다.

"그렇게 달려와서 밤을 홀딱 새우고 텅 빈 손으로 이 길을 달려 돌아갈 때의 심정, 모르시겠지요⋯⋯"

L의 이야기는 더이상 듣고 싶지 않았다. 그의 이야기를 들을수록 창백하게 누워 있던 U의 얼굴이 떠올랐다. 그러나 나에게 이야기할

기회를 노려온 사람처럼 그는 라스베이거스에 가는 내내, 남편이 잠들거나, 화장실에 간 틈을 타서 이야기를 계속했다. 나는 올가미에 걸려든 박쥐처럼 옹색해지는가 하면, 궁지에 몰린 생쥐처럼 감정이 포악해졌다. 어둠이 내릴수록 라스베이거스는 독버섯처럼 화려하게 살아났고, L은 몇 년 동안 맛보지 못한 환락에 몸이 달 대로 달아올랐는지 수시로 내 옆에서 무례하게 지껄여댔다. 나는 인내력의 한계를 잃고 화를 내고 말았는데, 엉뚱하게도 불똥이 튄 것은 L에게가 아니라 남편에게였다. L과 나 사이에 벌어지는 묘한 신경전을 남편이 알 리 없었다. 나는 느물거리는 기분을 남편에게 알리고 말고 할 것도 없이 당장이라도 라스베이거스를 떠나고 싶었다. 순진한 남편은 오히려 L의 눈치를 보고 있었다. 원치 않았지만, 우리를 위해 라스베이거스까지 왔으니, 최악의 상황은 막아보자는 심사임을 나는 모르지 않았다. 그는 내가 농담도 못 받아들이는 속 좁은 여자라고 L에게 변명하며 오히려 여자들은 다 그러니 이해하라고 회유했고, 그것으로 나는 남편도 어쩔 수 없이 L과 한통속이라는 사실을 확인할 뿐이었다. 내가 분노로 뜨거워질수록 L은 회심의 미소를 짓고 있었다. 라스베이거스의 L은 악마가 따로 없었다. 패는 그의 손에 넘어가 있었다. 남편이 내 기분을 맞추게 되면 그는 여자에게 쥐여사는 옹졸한 사내로 전락하고 마는 것이었다. 끝내 결별을 선언한 나를 거리에 세워두고 남편은 마지못해 L을 따라 횡단보도를 건넜다. 뒤돌아보며 손짓을 했지만 나는 한 발짝도 움쩍할 수가 없었다. 가짜 에펠탑과 가짜 엠파이어스테이트빌딩과 가짜 피라미드 사이로 그들은 사라지고, 라스베이거스의 불빛은 영원히 꺼지지 않을 것 같았다.

*

하노버의 R에게 전화를 하려고 시계를 보니, 그곳은 새벽이었다. 사진을 찍을 당시, 언덕 위의 U는 빛 속에, 나는 그늘 속에 있었다. 루벤스와 브뤼헐의 우정의 공동 작품전을 보고 나온 직후였다. 라스베이거스를 다녀오고 나서 나는 L과 분명하게 거리를 두었다. 그것은 U의 삶에서 자유로워지는 것을 의미했다. LA에서 남은 사흘 동안 샌타 모니카와 가까운 대학 근처 호텔을 잡았다. 아침이면 버스를 타고 종점인 베니스비치에 내려서 끝없이 해변을 걸었다. 해변에 가서야 LA 가로에 심어진 대추야자나무의 진면목을 보았다. 베니스비치에는 야자나무가 모래사장 곳곳에 군락을 이루고 있었고, 그 숲마다 방랑자들이 자리를 잡고 있었다. 얼핏 그들은 거지처럼 보이기도 했지만, 대추야자나무 줄기며, 세면대, 화장실까지 그 일대를 멋지게 그라피티로 장식해놓고 있는 것으로 보아 그들은 자유로운 삶을 선택한 거리의 예술가들이었다. 리어카에 잡동사니를 쌓아놓고 모자를 푹 누르고 아침잠에 느긋이 빠져 있는 흑인 노인을 보자 세상에 부러울 것이 없는 인간 같았다. 잠시 해변에 부려놓은 그들의 삶을 지나가면서 언뜻언뜻 L을 보았다. 나는 왜 L의 이야기를 극구 피하려 했던가. 왜 U의 불행을 섣불리 진단하고, L의 고백은 들을 필요가 없다고 귀를 막고 불같이 화를 냈던가.

"그 사람, 너무 미워하지 마."

리틀 라스베이거스의 호텔방에서 뜬눈으로 새벽을 맞은 나에게 남편이 안쓰럽다는 듯 어깨에 손을 얹으며 한 말이었다. 라스베이거스의 카지노에는 어디에도 시계가 보이지 않았다. 낮과 밤이 없이 이십 사 시간 흰 구름이 둥실둥실 떠가는 게임 천국이었고, L은 그 천국에 온 열정을 바쳤다. L과 천국을 순례한 그는 나보다 더 몸서리를 쳤다. 단 십 분도 소음과 담배연기로 밀폐된 곳을 참지 못하는 그였다. 그런데 장장 다섯 시간을 잭팟에 환장한 L 옆에서 보낸 것이었다. 라스베이거스에도 우리의 잠자리는 없었다. 결국 리틀 라스베이거스의 호텔방에 들어간 것은 새벽 네시. 돌아갈 길이 그야말로 지옥 길이었다.

"불쌍한 사람이야. 봤잖아. 그 사람이 있어야 할 곳은 LA가 아니라구. 더더욱, 교회는 아니구!"

몇 시간 눈을 붙여서인지 남편은 이성을 되찾고 담담했다.

"멕시코로 돌아가고 싶대. 그 어딘가에 애도 있다던데. U에게는 모르는 체하라구. 한 사람을 이해하는 것이 얼마나 피곤하고 힘든 일인지, 당신이 더 잘 알 거야. U는 U고, 그도 마음잡고 애새끼 데리고 살려고 발버둥치고 있잖아. L을 이해해야지."

어쨌든 우리는 돌아가야 했다. LA든, 어디든. 그의 말대로, 변한 것은 U나 L이 아니라, 나일지도 몰랐다. U와 헤어져 산 십 년 동안 나는 잃은 것보다 얻은 것이 많은 사람이었다. 가진 자의 오만으로 나야말로 지독하게 편협한 사람으로 돌변해 있는지도 몰랐다.

휴지통에 버렸던 L의 사진을 제자리에 복원시켰다. 라스베이거스 폴더 다음, 마지막날 북옥스퍼드에서의 점심식사 파일을 열어보았다.

*

U와 언덕 위의 박물관에 가리라고는 그날 아침까지 상상할 수 없
었다. 그녀의 초대로 R부부와 점심식사를 하기로 했었다. 하노버에
살고 있는 R은 나보다 먼저 와서 샌타바버라에 있는 친척집에 머물고
있었다. 점심시간에 맞춰 U의 집에 가자, 벌써 와 있던 R이 내 손을
부엌으로 은밀히 잡아끌면서 가능한 한 점심을 빨리 끝내고 게티박물
관으로 소풍을 가는 것이 어떨지 의논을 해왔다. 나는 샌타모니카 거
리 곳곳에서 나부끼던 '루벤스―브뤼헐 우정의 공동 작업전 플래카드
를 떠올렸다. R은, 뿐만 아니라, 숲이나 강의 순수하고 고요한 풍경들
을 카메라에 담아온 사진가로 유명한 미국의 엘리엇 포터의 전시회도
열리고 있다고 귀띔했다. U는 역전의 용사들이 십 년 만에 다시 뭉친
것처럼, 아니 지난 열흘 동안의 악전고투를 만회라도 하겠다는 듯이
그날의 점심을 위해 할리우드 공원에서의 바비큐 파티를 선언했었다.
그러나 사진을 매개로 한 설치미술가인 R이 풀밭 위의 점심식사보다
는 언덕으로의 박물관 소풍에 정신이 팔려 있음을 누구보다 U가 더
잘 알 터였다. U는 막 버무린 겉절이김치를 피크닉 찬합에 담다가 맥
이 풀린 듯 손을 놓고 나를 바라보았다.

어떻게 할까. 나는 내일 아침이면 떠나기로 되어 있었고, 이 기회가
아니면 박물관 관람은 일 년 후가 될지 십 년 후가 될지 기약할 수 없
었다. U의 점심 초대를 받아들인 이상 루벤스니 브뤼헐을 보러 갈 욕
심은 접어야 했다. 뉴욕에서 너무 많은 박물관을 보고 와서 그런지 별
생각이 없다고 말하자 R은 내가 U의 눈치를 살피느라 일부러 그러는

줄 알았는지 마지막 미끼를 던지듯 루벤스의 〈한복 입은 남자〉 이야
기를 꺼냈다.

"그래, 뉴욕에서 왔으니 당분간 뭘 봐도 시시하겠지. 그런데, 루벤
스의 〈한복 입은 남자〉가 거기 있는 거 알지? 늘 전시하지는 않는 모
양인데, 알아봤더니, 이번에 나와 있다지 뭐야."

굳이 말하면, 오래전부터 나는 루벤스보다는 브뤼헐에 호감을 가지
고 있었다. 플랑드르 화파의 브뤼헐 형제. 형 피터 브뤼헐이 그린 시
골생활의 풍경들은 거의 작품 제목과 소장처까지 꿰뚫고 있었다. 그
런데 루벤스의 〈한복 입은 남자〉가 거기에 있다면, 사정은 달라졌다.
1990년대 장안의 지가를 올렸던 베스트셀러 소설『베니스의 개성상
인』의 출발이 신문 귀퉁이에 소개된 문제의 루벤스의 세필화 〈한복
입은 남자〉였다는 것을 상기했다. 서구적인 이목구비에 한국 남자의
의복을 입고 있는 스케치였다. 미국의 석유왕 폴 게티가 엄청난 금액
으로 사들인 작품으로, 게티박물관은 그러니까 미술 시장에서의 폴
게티 재단의 파워를 과시하기 위한 전시장이나 마찬가지였다.

"초대를 해놓고 너와 변변한 구경 한번 못했는데, 나도 거기 가보
고 싶다."

"그럼, 더 잘됐네!"

들고 나고 하기는 했어도, 십 년 가까이 터를 잡고 살고 있는 U가
그곳에 가보지 않았다는 것이 믿어지지 않는 듯 R이 눈을 휘둥그레
뜨고는 나를 보고 고개를 끄덕거렸다. LA에 사는 모든 사람들이 게티
박물관에 가야 하는 것은 아니었다. 대부분의 사람들에게 루벤스니
브뤼헐이니 사진이니 예술이니 하는 것들은 살아가는 데 반드시 필요

한 것이 아니었다. U에게는 건물의 석재를 몽땅 이탈리아에서 실어 날랐다는 게티박물관보다는 아이들도 마음껏 뛰어놀 수 있고, 풀밭에서 웃고 떠들며 옛이야기를 나눌 수 있는 할리우드 공원에서의 점심 식사가 삶에 훨씬 활력을 줄 것이었다.

"차에 싣고 옮기고 풀고 하니 여기서 점심을 간단하게 해결하지 뭐. 네가 새벽부터 정성껏 마련한 점심식사를 모두가 행복하게 맛볼 수 있고, 그길로 박물관도 돌아볼 수 있으니 금상첨화가 아니겠어?"

R의 목소리가 반짝이는 커다란 눈동자만큼이나 탄력적이었다.

"그럼 거기 자리를 펴고들 앉아!"

카페테리아의 U는 고집이 세기로 유명했다. 이기적인 것이 아니었고, 이타적인 배려심이 지나쳐 황소처럼 움쩍하지 않을 때가 있었다. 자주는 아니었지만, 한 번 고집 속으로 들어가면 자신은 물론 주위 사람들을 곤란에 빠뜨리곤 했다. 그런데 LA의 U의 목소리는 체념이 아닌, 다수의 결정을 받아들였을 때처럼 거뜬하게 들렸다. 꿔다놓은 보릿자루마냥 어정쩡하게 서 있던 남편과 M이 구석에 끼워져 있던 육인용 밥상을 꺼내왔고, 나는 얼른 수저와 젓가락을 챙겼다. L은 갈비구이를 위한 석쇠와 숯불을 준비했다. 그는 태우지 않고 노릇노릇 고기를 구워내는 데 재주가 있었다.

"이거 얼마 만에 받아보는 진수성찬이야? 부부가 이참에 갈빗집을 차리면 대박 나겠는걸."

R이 유쾌하게 너스레를 떨었지만, L은 거의 고개를 떨군 채 묵묵부답 고기만 구워냈다. 윗집 홀리오라는 사내아이와 들락날락 부산스럽던 아이들이 어느새 그의 양 무릎 위에 앉아 넙죽넙죽 고기를 받아먹

었다. 그의 이마에 팬 주름살이 며칠 사이에 부쩍 깊어 보였다. 홀리오가 군침을 삼키며 자주 현관에 나타났고, L은 간간이 다가오는 작은 녀석에게 고깃점을 쥐어 보냈다.

"지 엄마랑 보내는 시간보다 저 아이랑 노는 시간이 많으니까, 이러다가는 한국말도 아니고 영어도 아니고 엉뚱한 멕시코 말만 늘게 생겼어."

이번에는 R이 묵묵히 고기를 씹어삼켰다. 그녀의 두 딸들은 아버지의 나라인 독일어를 사용할 뿐 한국어를 전혀 구사하지 않았다. LA의 한인들과 달리 하노버의 그녀에게는 한국어에 대한 강박관념이 없는 듯했다.

"작년에 오빠가 다녀갔는데, 가면서 뭐라고 했는지 아니?"

겉절이김치를 한 접시 더 담아오며 U가 묵직하게 다물고 있던 입을 열었다.

"여긴, 1970년대 한국의 공항동이다. 그러지 않겠니. 정말 그래, 빨리 여길 떠야지, 그 생각밖에 없어."

아직도 얹힌 것이 말끔히 가시지 않았는지 U는 손으로 가슴을 쓸어내리며 두툼한 입술을 깨물었다. 고기를 굽고 있던 L이 특유의 머뭇거리는 미소를 얼굴에 띠우며 말했다.

"아니, 여기가 어때서?"

U가 물끄러미 L을 바라보고 있다가 다시 한번 입술을 깨물며 대답하듯 말했다.

"그래, 여기가 어때? 지금은 괜찮아. 그러나 빠른 시일 안에 여기를 뜬다는 조건에서지. 오빠가 공항으로 들어가다가 돌아서더니 뭐라고 했는지 아니?"

U는 마치 나 들으라고 꺼낸 말처럼 나를 똑바로 바라보며 말했다.

"너, 왜 이러고 살고 있니?"

U의 눈에 잠시 물기가 비치는가 싶더니 이내 걷혔다.

"오빠는 문 저쪽으로 들어가버리고, 나는 미아처럼 공항 한복판에 서 있었지. 나는 왜 여기에서 이러고 살고 있나…… 여기가 어때서…… 내가 어때서……"

일순 처연해져서 모두들 젓가락질을 멈췄다.

"교회는 어떻게 되어가는 거예요?"

U의 하소연이 전적으로 L에게 책임이 있다는 듯 R이 단도직입적으로 따지듯이 물었다.

"곧, 열게 될 거야."

U가 말리듯 끼어들었다. 그러고는 다시 나를 보고 말했다.

"곧, 여기도 뜨게 될 거구. 그땐 정말 정식으로 초대할게. 꼭, 다시 와줘……"

L이 담배를 피우고 오겠다며 자리에서 일어섰고, 그 틈에 R은 시계를 보았다. 게티박물관이고 루벤스고 브뤼헐이고 오후엔 U와 함께 쇼핑이라도 가야 할 것 같았다. 아이들에게 주고 올 선물도, 어른들에게 드릴 기념품도 사면서 기분을 전환시키는 것이 좋을 것 같았다. 내 생각이었다. R은 달랐다. 그러니까 언덕엘 가야 한다고 했다. 기분 전환이라면 더더욱! 대충 상을 치우고 우리는 집밖으로 나와 U를 기다렸다. L은 아무런 말도 없이 근처에 사는 할아버지에게 아이들을 데리고 가고 없었다. 나인지 R인지, 둘 다를 위해서인지, L이 일부러 자리

를 피해준 것 같았다. R은 당연히 그래야 하는 것으로 받아들였다. 짧은 순간들이었지만 R은 L에게 조금도 곁을 주지 않고 매우 엄격하게 L을 경계하고 있는 듯했다. L을 바라보는 R의 날카로운 시선이 자주 눈에 띄었다. 그것은 살을 섞고 사는 사람의 애증과는 다른 오직 분노와 불신과 증오의 감정으로 똘똘 뭉쳐 있는 것 같았다. 그리고 그것은 며칠 전 뜻하지 않게 L과 라스베이거스에 다녀오면서 내가 그에게 느꼈던 감정과 흡사한 구석이 있었다.

U는 꽃분홍색 반팔 니트를 입고 나왔다. 오랜만에 단장을 했는지 봄 처녀처럼 화사해 보였다. 그녀가 아니었다면 R과 LA에서 만나는 일은 없었을 것이었다. U를 바라보며 R과 나는 몇 번이나 그것을 사실로 인정했다.

U도 R도 나와는 학교나 직장에서 만난 선후배 관계가 아니었다. 그렇다고 동향 출신으로 맺어진 것도 아니었다. 내가 U를 만난 것은 옛날 종로구 사간동의 프랑스문화원에 적을 두고 있던 '친구의 목소리'라는 프랑스어와 문화 동호회에 드나들면서였다. 그녀는 문화원을 찾는 사람들의 쉼터인 일층 카페테리아에서 커피와 토스트 따위를 팔았다. 이직이 심한 계약직에서 십 년 이상 자리를 지키고 있던 까닭에 문화원을 드나드는 사람치고 그녀를 모르는 사람이 없었다. 카페테리아에서 매일 주기적으로 방영하는 프랑스 뉴스와 시사 다큐멘터리라든지, 그곳에서 열리는 전시회 팸플릿이라든지, 심지어 지하 영상실과 이층 도서실의 자료까지 그녀의 도움을 받지 않은 사람이 없을 정도였다. 그러니 많은 사람들에게 그녀 없는 카페테리아, 아니 프랑스문화원이란 상상할 수 없는 것이었다. 19세기 인상파 화가 마네가 한

갓 폴리베르제르라는 극장 카페의 여급을 이전 세기 그 어떤 왕녀나 공주 못지않게 화폭 한가운데에 당당하게 세워놓았듯이, 프랑스문화원 카페테리아의 그녀 또한 그 자리에서 휘황하게 빛이 났다. 그녀는 문화나 역사, 정치, 심지어는 법학에 이르기까지 프랑스라는 나라를 목적으로 문화원에 발을 들여놓는 다양한 사람들을 연결해주는 문화원 본연의 네트워크 역할을 그 누구보다 잘 수행하고 있었다. 그중에는 R처럼 예외적으로 프랑스와 전혀 관계가 없는 사람도 종종 있었는데, 내가 R을 알게 된 것도, 이후 R의 히말라야 사진 전시회라든지 인도 사진 전시회라든지, 그 밖에 이런저런 설치미술 이벤트를 도와 참여한 것도 U의 유난히 끈끈한 결속력을 뿌리치지 못해서였다.

U와 더불어 이십 년 넘게 건재하던 사간동의 프랑스문화원의 카페테리아는 그녀의 청춘이 이울어지기 시작하면서 위기가 찾아왔다. 경복궁 옆의 사층짜리 단아한 흰색 건물에서 숭례문 옆 초고층 빌딩 속으로 문화원이 옮겨가게 되었고, 그에 따라 U의 카페테리아 근무 여부가 거론되기 시작했다. 그즈음 R은 히말라야에서 만난 독일 청년 M과 어렵사리 결혼이 성사되어 독일로 떠났고, U는 막차에 발을 올려놓는 심정으로 사진으로 선을 본 재미교포 목회자였던 L과 웨딩마치를 올리면서 프랑스문화원을 떠났다. 전국을 떠돌며 신혼여행중이라는 강릉발 엽서를 그해 여름 U로부터 받았나 싶었는데, 멕시코로 떠났다는 소식을 그해 말 크리스마스카드로 받았다. 엽서에는 티후아나라는 낯선 지명이 소인으로 찍혀 있었다. 티후아나, 처음 들어보는 생소한 이름이었다. 나는 멕시코라면 자화상의 화가 프리다 칼로와 그녀의 남편 디에고 리베라를 떠올릴 뿐이었다. U도 R도 모두 떠나고 이따금 사간

동 화랑 거리를 지나갈 때면 주한폴란드대사관으로 바뀐 건물을 바라보면서 '티후아나에서 그녀는 무엇을 할까' 상상해보곤 했다. 카페테리아의 불빛 아래 여신처럼 당당하게 서 있던, '미스 U라 불리던' 그녀의 빛나던 모습 외에는 어떤 상像도 떠오르지 않았다.

U의 전화를 받은 것은 티후아나발 엽서를 받은 지 이 년 뒤였다. LA라고 했다. 티후아나와 LA와의 거리를 가늠할 수 없는 나에게는 그녀가 LA에서 과일가게를 열었다는 소식만이 현실적으로 들릴 뿐이었다. 사간동 카페테리아에서처럼 LA의 과일가게 여주인 U를 떠올렸다. 그럴듯했다. 그녀의 과일가게는, 옛날에 그랬듯이, 언제나 사람들이 모여들어 이야기꽃을 피우고, 관계를 맺어가는 독특한 자리가 될 것이었다. 그런데 모래사막의 터가 상상 외로 거셌는지, 이민사회의 인정이 강퍅했는지, 그녀의 과일가게는 생각보다 오래가지 못했다. 힘없는 그녀의 목소리에서 후광을 상실한 마돈나처럼 무엇인가가 결여되어 있는 느낌을 받았다. 그러나 그때뿐 심각하게 생각할 새 없이 해가 바뀌었고, 잊힐 만하면 또다시 U로부터 전화가 걸려왔다. 세월이 가져다주는 변화라고 해야 할까, 태평양을 사이에 둔 막막한 거리감이라고 해야 할까, 전화기를 내려놓을 때마다 나는 서로에 대한 절실함이나 그리움의 밀도에 현격한 차이가 있음을 확인하곤 했다. 태평양 상공을 가로질러 전달되는 U의 격앙된 목소리에 나는 방향을 잃은 향수병에서 애써 마지막 한 방울을 짜내듯이 손에 잡히지 않는 그리움을 메아리로 돌려보낼 뿐이었다. 언젠가 그녀가 더이상 전화를 걸어오지 않는다면 우리의 관계는 삭은 고무줄처럼 힘없이 끊어지고 말 것이라는 아련한 기분에 속절없이 우울해지곤 했다. 거기에는 내

가 별나게 매정한 인간은 아닌가 하는 자책감도 한몫 거들었다. 그 기분을 만회하는 유일한 방법이라도 되는 듯이 나는 U의 목소리가 전화선 속으로 완전히 사라질 때까지 수화기를 내려놓지 못하고 붙박이 기둥처럼 한동안 그 자리에 서 있곤 했다. 그러나 우리는 더이상 같은 하늘 아래에 사는 존재가 아니어서, 혈연관계가 아닌 이상, 그리움만으로 예전과 같은 관계를 지속해나갈 수는 없었다. 그러나 카페테리아의 전설적인 존재답게 U는 그때나 지금이나 마치 손안에 쥐고 있는 조약돌처럼 나라는 존재를 놓지 않았다. 그것이 때로 부담스럽기도 했지만, 대부분은 무정한 나 자신을 탓하며 그녀의 순수한 마음에 내 알량한 양심을 보태곤 했다.

"네 얘기를 듣는 순간 내 가슴이 얼마나 뛰었는지 아니?"

지난봄에 걸려온 그녀의 마지막 전화는 나의 결혼과 그로 인한 새로운 B시 생활에 대한 축하의 의미였다. 여행차 LA에 온 내 대학 동창을 우연히 만나면서 내 소식을 들었다고 했다. 전화를 끊으면서 U는 이제 다시 LA로 이사를 왔으니 꼭 놀러오라고, 캘리포니아의 태양과 바다를 나에게 꼭 보여주고 싶다고 간절하게 말했고, 그 힘에 못 이겨 나는 그러마, 하고 혹여 내가 미국에 가게 된다면, 아니 가능한 한 미국 여행을 계획해보겠다고 말하고는 겨우 전화를 끊었다. 그녀의 전화를 끊을 때면 이상하게도, 떨어지지 않으려는 어린애를 떼놓고 가야 하는 어미처럼 늘 애틋하고 가슴이 아팠다. 뿌리칠 수 없어서 대답은 했지만, 혹여 미국에 간다 해도 그녀를 방문하게 될까? 확신을 할 수가 없었다. 그러나 삶이란 한 치 앞도 예측할 수 없는 오묘한 조홧속이라는 게 지난 5월 서울의 한 창작포럼에서 만났던 재미교포 소설가

P의 편지를 받으면서 입증됐다. U의 간절한 초대를 받고 얼마 지나지 않아서였다. P는 뉴욕의 맨해튼에 조그마한 아파트를 가지고 있었는데, 여름 한 달간 집을 비워줄 테니 와서 마음껏 지내라고 대단한 호의를 보였다. U와 P는 서로 존재조차도 알 수 없는 생면부지의 사람들이었는데 둘이 짜고 그러는 것처럼 미 대륙 동과 서에서 동시에 나를 맹렬히 잡아당겼다. 남편이 멕시코 카드를 들고 나오면서 아메리카행은 일사천리로 추진되었다.

*

    R에게 전화를 걸려고 하다가 LA의 U의 번호를 눌렀다. 신호는 가는데 받지 않았다. 신호음이 울릴수록 가슴이 떨렸다. 걸기는 해도 안 받기를 바라는 마음이 거세게 고개를 들었다. U는 식당에는 계속 나가고 있는지, L은 멕시칸들과 문제없이 일하고 있는지, 아이들은 밥을 잘 먹고 있는지, 그러고 보니 궁금한 것이 많았다. 몇 분이나 신호음을 들으며 서 있었는지 남편이 다가와 내 손에 쥔 전화기를 내려놓았다. 귀에서는 여전히 신호음이 울리고 있었다. U의 사진을 찾던 R의 목소리를 떠올렸다. 그때는 몰랐는데, 다급했던 것 같았다. 불쑥 불길한 생각이 스쳤다. R의 전화번호를 눌렀다. 새벽 세시. 자동응답기가 돌아갔다. 작업실에도 전화를 받지 않았다. U의 핸드폰으로 전화를 걸었다. 역시 받지 않았다. L의 핸드폰 번호는 가지고 있지 않다. 기다리면서 메모리카드의 마지막 폴더를 열어 사진을 훑어보았다. 세 사내가 형제처럼 앉고 서서 흔쾌히 웃고 있는 모습이 눈에 띄었다. 남

편과 L과 M. 사진으로 보니 U의 멕시코식 붉은 벽돌집도 꽤 멋져 보였다. 캐리어를 끌고 문 앞에 내렸던 8월 어느 한나절이 어제인 양 떠올랐다.

*

북옥스퍼드의 U의 집 앞은 햇빛으로 충만했다. U의 가족은 멕시코식 다세대 붉은 벽돌집의 일층에 세 들어 살고 있었다. 그들을 제외하고 이웃은 모두 히스패닉계 멕시코 이민자들이었다. 아니 엄밀하게 말하자면, 그들은 이민자들이 아니라 미합중국 이전부터 거기에서 살아온 토착민들이었다. 공동 출입구인 철문을 들어서면 네 그루의 사이프러스나무가 태양을 향해 찌를 듯 소용돌이치며 서 있었고, 붉은 벽돌로 쌓아올린 아치식 중문이 제법 이국적인 운치를 더해주고 있었다. 그런데 출입구나 작은 화단에 잡초와 쓰레기가 무성해 자칫 버려진 빈집처럼 보일 정도였다. 게다가 누더기를 걸친 육중한 체구의 털보 영감이 밤낮없이 집 앞을 어슬렁거렸는데, 마약중독자라고 했다. 아이들이 뛰어놀기에 위험하거나 불편하지 않으냐고 묻자 L은 오히려 집을 지켜주어서 좋다고 했다. 그러고는 길 건너 흰 건물을 가리키면서 마약중독자 보호소라고 덧붙였다. 쇠창살을 덧댄 창문에 몇몇 얼굴이 비쳤다. 내 눈에나 화단의 잡초나 쓰레기가 도드라지게 보일 뿐 U나 L에게는 대수롭지 않은 모양이었다. 잡초를 뽑고 나무에 물을 주고 꽃을 가꾸는 삶이 어쩌면 인간이 누릴 수 있는 최고의 행복일지도 몰랐다. 마흔이 다 되어 아이를 낳고, 타국의 여기저기를 떠돌아다니다가 겨우 정착해 가정을 꾸려나가는 U에게 바닥에 널린 휴지 조각을 밟고 걸어가는 것쯤은 아무렇지도 않은 것일 수도 있었다. 그녀의 집은 어두컴컴한 복도를 지나 문을 열면 현관과 거실 구분이 따로 없이 신발을 벗고 들어가게 되어 있었다. 현관문은 늘 열려 있었고, 위층의 사내아이 둘이 U의 아이들을 불러서는 내내 알아들을 수 없는 스페인 말을 주고받으며 주로 현관에서 놀았다. 화장실과 연결된 안쪽에 방이 하나 있었는데, U는 우리에게 그 방을 내줄 생각이었다. 그러나 그 방은, 그들 부부와 두 아이가 비둘기 가족처럼 한데 어울려 잠을 자는, 그 집에서 유일한 침실이었다. 그녀는 우리에게 그 방을 내주고 자신들은 거실에서 생활하겠다고 했다. 그녀의 안내로 트렁크를 방에 들여놓기는 했으나 선뜻 짐을 풀 수가 없었다. 군데군데 얼룩이 번져 있기는 했어도 침대 시트며 이불, 베개 커버를 손님을 위해 깨끗이 빨아 갈아놓은 것을 알 수 있었다. 거리에 면한 창문에는 버티컬이 쳐 있기는 했지만 이가 빠지고 휘어서 칼날 같은 햇살이 그대로 방안으로 들이치고 있었다. 남편은 이 빠진 버티컬 사이로 밖을 내다보며 아무 말이 없다가 우려했던 일이 벌어진 듯 머쓱한 표정을 짓더니 숙소를 옮기자고 했다. 어제저녁 뉴욕에서 U와 마지막 확인 통화를 하는 것을 옆에서 듣다가 연구차 육 개월째 LA에 머물고 있는 대학 동료 A에게 이메일로 대학 근처 호텔을 부탁해놓았다는 것이었다. 이메일을 확인해보거나, 전화를 해보면 당장 오늘밤부터 숙소는 걱정하지 않아도 된다고 했다. LA에는 나보다 남편이 아는 사람이 많았다. 그러나 U와 연계된 나를 믿고 아무 시도도 하지 않았고, 급기야는 그런 자신의 태도가 안이했다고 자책했다. 그것이 오히려 나를 더 궁지에 몰아

넣었다. 그도 그였지만 U에게 어떻게 말해야 할지 난감할 뿐이었다. U가 공항에 나오지 못한 것은 생계를 위해 그즈음 식당일을 시작했기 때문이라는 것을 공항에서 L의 차에 실려 그녀가 일을 하고 있는 식당으로 가는 도중에 알게 되었다. 그런 연유로 그녀와의 십 년 만의 해후 장소는 식당 주차장이 되고 말았다. 차에서 내리는 나를 그녀는 환하게 웃으며 안았다. 그녀는 남편에게 반갑게 인사를 하는가 싶더니, 마치 며칠 전에 헤어졌다 만난 사이처럼 식당 교대 근무시간 때문에 마중나가지 못했다고, 이 식당에서 새로 일하게 된 지가 얼마 되지 않아서, 식당이 목이 좋아 장사가 잘되어 개인 시간을 낼 수 없다고, 게다가 함께 일하는 고참 여자가 어찌나 고약하게 구는지 신경 전중이라고 쉬지 않고 나를 붙잡고 이야기를 해댔다. 그러고는 잠시 차에 타서 기다리라고 하고는 식당에 들어갔다가 지갑을 챙겨 나왔다. 손부채질을 하고 햇빛을 가린 채 걸어오고 있는 그녀가 그 옛날 프랑스문화원 카페테리아의 미스 U가 맞는지 내 눈이 의심스러울 정도였다. 짧은 커트 머리에 선명하게 도드라져 보이게 그린 검은 아이라인, 눈가에 번진 주름과 건조해 보이는 피부, 굵은 손마디에 두꺼운 손등.

U는 차에 올라타자마자 내 손을 끌어다 잡았다. 북옥스퍼드 거리의 집까지 지척이었다. 이번에는 L의 근무시간이었는지, 우리의 짐을 집안에 들여놓고는 재빨리 차를 몰고 어디론가 달려갔다. 공항에서 오는 길에 L에게 들은 바로는 몇 달을 쉬지 않고 일했고, 우리의 여행에 맞춰 스스로 휴가를 냈다고 했는데, 그사이 견적을 봐달라는 주문이 오자 주저 없이 현장으로 달려간 것이었다. 당연한 일이었다. 직종

이 다르기는 하지만, 그들은 밤낮없이 일하고 있는데 나는 한가하게 여행이나 다니는 팔자 좋은 족속으로 둔갑해 부끄러운 마음이 들었다. 그런 한편 함께할 수 있는 시간적 여유가 없으면서 어쩌자고 나를 이 먼 곳까지 부른 것인지 의아한 마음도 없지 않았다. 속수무책 쏟아지는 햇빛에 눈을 돌리고 있는 나에게 남편은 자못 진지하게 입을 열었다. 그에게는 화장실이 문제였다. 새벽마다 그는 삼십 분은 족히 편안하게 화장실을 차지하고 앉아 있어야 했다. 외지로 며칠 여행을 떠나려면 제일 신경을 쓰는 부분이었다. 그는 화장실 문제를 거론하는 것을 달갑게 생각하지 않았지만, 숙소를 옮기겠다고 U의 허락을 받아내기에는 그보다 더 강력한 사유란 있을 수 없었다. U는 오랫동안 입을 다물고 있다가 결심한 듯 침을 삼킨 뒤, 대신 짐을 옮기는 것이 번거로울 테니 두고 가라고 했다. 그날로 우리의 호텔 순례가 시작되었다. 태양의 사자들처럼 허공에 떠 있는 나무의 이름은 끝내 알 수 없었다.

*

밤을 새우더라도 기다렸다가 U와 통화를 할 작정이었다. 아메리카 사진 폴더를 정리하다보면 날이 샐 것이었다. 아침이면 하노버에서도 LA에서도 내가 찍은 U의 사진을 파일로 받아볼 수 있을 것이었다. 뿌샤시하게 앉혀보기도 하고, 액자에 넣어보기도 하면서 U의 표정을 이리저리 살펴보았다. 사진 속의 U는 햇빛에 찡그리고 있기는 해도 즐거워 보였다. 아니, 즐거운 것은 나였다. 언덕 위에서 그녀와 보낸 짧은 시간이 LA와 라스베이거스를 오가며 보낸 지난 열흘과 맞바꿀 만큼 홀가분하고 즐거웠다. 올라갈 때는 몰랐는데, 언덕에 올라서자 LA는 물론 샌타모니카의 아름다운 해안까지 훤히 내려다보였다. 개화기를 알 수 없는 핑크색 꽃들이 피어 있었다. U는 십 년 묵은 체증을 밀어내는 듯이 시원한 한숨을 쉬었고, 그 순간 얼굴이 활짝 펴졌다. 나는 그때를 놓치지 않고 그녀를 햇빛 쏟아지는 난간에 세워놓고 소리쳤다. 웃어요, 언니, 웃어! 웃는다고 웃었는데 결과는 찡그린 미소였다. 햇빛 때문이었다. 나는 그늘에서 카메라에 찍힌 상태를 확인하며 다시 한 번 찍으려다 그만두었다. U는 마치 너무 웃지 않아서 웃는 법을 잊어버린 사람처럼, 웃어! 라는 내 외침에 당혹스럽게 웃음을 지었던 것이었다. R이 벌써 난간 아래 사진전이 열리는 서쪽 전시장 입구에서 어서 오라고 손짓을 하고 있었다. U는 방금 찍은 모습을 확인하고 있는 내 옆으로 걸어오며 웃었고, 나는 고개를 끄덕이며 마주 웃었다. 화면의 사진을 들여다보는 내 입가에 어느새 미소가 번졌다. LA를 떠날 때 내 귀를 사로잡았던 보니 엠의 〈서니〉가 귓전에 울렸다. 서니, 고마워요…… 당신 얼굴에 지은 미소…… 난간에 두 팔을 기대고 선 U의 모습에서 나는 옛날 프랑스문화원 카페테리아의 주인공, 당당했던 그녀를 보고 있었다.

해설
이소연(문학평론가)

그대 상심이 내 상처와 만날 때

시간은 흐르고 사랑도 가고

　지난 소설집 이후 오 년여의 시간이 흘렀다. 함정임의 여덟번째 소설집을 펼치는 일은, 삶이 보여주는 이질적인 국면을 그와 함께 넘어가는 일과 다르지 않아 보인다. 거의 '예정된' 것이나 다름없는, 그가 보여줄 새로운 변화를 기대하며 독자는 『곡두』 이후의 시간을 기다렸다. 중간에 한 권의 장편소설이 있었음에도 불구하고 그의 새 소설집을 기다리는 이들에겐 결코 짧지 않은 기간이었으리라. 많은 사람이 알고 있다시피 함정임은 스스로 '노마드'임을 자처하면서, 자주 여행길에 오르는 작가다. 작가에게 여행이란 시공간과 함께 몸과 마음의 거처를 바꾸는 일을 의미하지 않을까. 새 소설집을 펼치는 독자는 이번에도 그 사실을 놓치지 않을 것이다. 어느새 그가 또 자리를 옮겼다는 것을. 그가 지나간 여정의 흔적을 더듬으며 나 역시 적잖이 떠돌았고 그만큼 변했다는 사실을.

　새로운 소설집에 실린 여덟 편의 작품은 우리에게 알려져 있는 작가의 실제 삶의 궤적만큼이나 다채로운 시공간을 경유하고 있다. 1960년대경으로 짐작되는 부산의 뒷골목, 2000년대 부산과 서울 시내, 경주의 산사山寺, LA, 뉴욕의 맨해튼과 브루클린, 니스행 열차를 필두로 프랑스의 남부를 아우르는 여러 지역, 지구 반대편에 있는 멕시코까지. 가지 못할 데가 없고 미치지 않은 곳을 찾기 어려울 정도다. 세계 각처를 떠돌면서 새로운 사람을 만나고 이야기를 나눈다. 부단히 다른 곳을 찾아 떠도는 그의 편력은 때로는 강박적으로 느껴질 정도로 집요하다. 그의 이야기는 도처에서 자신의 과거 속에 쓰라린 상실의 기억을 묻고 살아가는 사람들을 찾아낸다. 이들은 각자의 목소리로 자신만이 알고 있는 슬픔의 곡조를 흥얼거린다. 마치 모든 도시가 저만의 석양과 자정의 빛깔과 뒷골목의 정적을 갖고 있는 것처럼. 이들의 이야기는 부지런히 얽히면서도 그 어떤 이질적인 빛도 섞여들 수 없는 핵심, 즉 '상실'이라는 공동의 존재를 가리키고 있다.

　함정임의 소설은 어쩌면 세계와의 부단한 만남을 통해 우리에게 모든 것의 중심에 상실이 있다는 치명적인 진실을 알려주고 있는지 모른다. 그의 이야기가 펼쳐내는 노마드적 상상력은 그 자리에서 부동하는 상실의 흔적에 대항하는 삶의 몸짓이며 불가항력의 침묵을 파고드는 수다한 소리의 습격일 것이다. 그리하여 그의 이야기 속에서 여행은 정주定住와 통하고, 머묾 역시 헤맴과 다르지 않은 무상함의 아우라를 둘러쓰고 있다. 독자는 그의 텍스트들이 그 안에 담겨 있는 구구한 사연들과 더불어 어떤 징후를 보여준다는 사실을 느낀다. 공허라는 병, 죽음이라는 조건, 상실이라는 사건 주위에서 시작되어 명멸하는 움직임, 부단한 만남과 헤어짐, 그것이 바로 삶이라는 증상이 아니겠는가. 함정임이 오랜 시간을 경유하고 나서 우리에게 보여주는 것은 바로 이것, '상실 그 자체'임이 틀림없다. 상실, 그것은 말로 표현할 수 없는, 언어 너머에 있는 것으로서, 낯선 지역과 사람들을 가리키는 수많은 고유명사들을 나열하는 일을 통해 그에 다가서는 우리의 발길을 끊임없이 미끄러지게 한다. 이것을 비단 작가 한 사람에게만 국한된 이야기라고 할 수 있는가? 시간은 매분 매초 걷잡을 수 없이 흐르고 사랑하는 대상을 언젠가는 떠나보낼 운명에 우리 모두 처해 있지 않은가? 그 빈자리를 메우기 위해 수차례 곱씹는 애도의 언사와 이에 따르는 실패는 이해되지 않는 소음들을 포개어 덮어버릴 수밖에 없는 그것의 존재를 가리킨다. 그 사실을 우리는 안다. 아니, 모른다. 그의 것은 그 자신만, 내 것은 나만 안다.

낯선 곳에서 찾아온 위안

함정임의 소설을 펼쳐드는 순간 가장 먼저 감지되는 것은 어떤 흐름이다. 때로는 빠르고 격렬하게, 때로는 낮게 스치듯 지나가는 그 속도감의 정체는 무엇일까. 바람인가 하면 흐르는 물살 같기도 하고, 음악의 선율처럼 너울거리는가 하면 저공비행하는 물체처럼 묵직하게 꽂히는 것들의 힘은 어디서 오는 것일까? 영혼 혹은 생령들의 숨결 같기도 한 이 흐름들은 읽는 이의 마음속에 여울과 사구沙丘를 만든다. 그리고 소설을 읽어나가다보면 이러한 동적인 에너지의 근원은 걷잡을 수 없는 시간의 흐름으로부터 비롯되는 것임을 깨닫게 된다. 미지의 세계에 연원을 두고 경계 바깥에 있는 또다른 세계로 이어지는 그 흐름은 유한한 생의 굴레 아래 있는 우리의 처지를 쉼없이 각인시킨다.

「오후의 기별」의 첫 장면만 해도 그렇다. 물소리와 노 젓는 소리로 시작된 소설은 느닷없는 자동차 경적 소리와 함께 도시를 휘감고 도는 대중교통의 물살 한가운데로 주인공과 독자를 던져놓는다. 도시의 일상에 사로잡혀 있는 주인공의 신세는 네팔의 오지에 있는 한 호수의 정경과 그 위를 떠다니는 조각배의 움직임과 교차되면서 극적인 대조를 이룬다. 과거의 회상 속에서 주인공이 히말라야의 설봉들 사이를 쏜살같이 미끄러지는 경비행기의 흐름에 몸을 싣는 장면은 아찔하기까지 하다. 그러나 여러 갈래로 퍼지는 리드미컬한 흐름은 언제든 일정한 음조로 수렴되기 마련이다. 삶의 흐름 한가운데 던져지는 죽음이라는 파문. 평생 좁은 식당을 벗어나지 못하다 이른 죽음을 맞은 한 여인의 유골을 강가에 뿌려줄 것을 당부하는 그는 이런 질문을 던진다. "강물은 언제나 저 방향으로만 흐르는가."(120쪽) 삶과 죽음을 품고 흐르는 강가의 물살은 거스를 수 없는 시간의 흐름을 닮았다.

이따금 사람들은 흐릿한 추억을 되짚으며 과거의 시간대로 거슬러 올라가려 한다. 이러한 안간힘은 언제나 우리에게 아쉬움을 남기곤 한다. 기억이란 원래 믿을 만한 친구가 못 되는 법이다. 흐릿하게 떠오르는 옛 기억은 곧잘 현재의 감정이나 정서로 착색되기 마련이다. 그러나 이러한 한계는 오히려 위안을 주기도 한다. 「기억의 고고학—내 멕시코 삼촌」에 스며든 신화적인 분위기는 바로 이러한 기억의 마술 같은 작용에서 기인한다. 어린 나이에 엄마를 잃고 고모들 집을 전전하던 유년의 상처는 무엇으로 낫게 할 수 있을 것인가. 아마도 치유는 불가능하겠지만, 달랠 수는 있을 것이다. 그리고 그러한 위안은 다른 사람들은 짐작조차 못할, 전혀 '다른' 곳에서 온다. 때로는 지구 반대편에 자리한 이국에서 날아와 한국의 뒷골목에 불시착한 로맨틱한 남자의 모습으로 나타나기도 한다. 화자는 고모의 연인이었던 한 남자를 '삼촌'이라는 다정한 호칭으로 부르는 것도 모자라 '내'라는 소유격 대명사를 붙여준다. 무엇보다도 그의 기억에 멕시코 삼촌은 '왕년의 가수'임이 밝혀진 춘아 고모와의 화려한 한 시절과 푸른 바다와 그리움을 알게 해준 사람으로 남아 있다. 애틋하면서 아프고, 동시에 생기 넘쳤던 어린 시절은 작은 손바닥선인장 화분과 멕시코에서 온 한 이민자의 존재로 인해 화자의 추억 속에 넉넉하게 자리를 잡는다.

"다만 대학을 졸업하면서 칠 년간 동거했던 희제와 관계를 정리한 뒤, 딱히 감지하지 못했던 어떤 균열감, 또는 결락감을 그것이 잠재워주고 있는 것만은 확실했다."(21쪽) 화자는 멕시코 삼촌이 갖고 있던 것과 비슷한 빨간 아코디언을 들여다놓고 마음의 허기를 달랜다. 이 소설은 독자에게 다음과 같은 암시를 던져주며 마무리된다. 화자가 갖고 있던 상실의 아픔이 에네켄의 후예로 짐작되는 삼촌, 그리고 다른 이민자들의 상처와 맞물려 신비로운 공명을 이룬 게 아니었을까. 한 사람의 영혼에 뻥 뚫려 있는 구멍이 타인의 비슷한 상실감과 조우하는 장면은 다른 작품에서도 종종 등장하는 테마라고 할 수 있다. 「어떤 여름」은 바로 이러한 테마가 고스란히 소설의 뼈대와 살을 이루는 작품이다. 나미는 집안의 반대를 무릅쓰고 결혼한 소설가 남편을 잃은 상처를 지닌 여인이다. 뿐만 아니라 남편이 결혼식을 삼 일 앞두고 사라져 십 년 만에 죽음을 확인했다는 사연을 알고 보면 더 기막히다. 그녀는 남편이 유품으로 남긴 빨간 수첩에 적힌 행선지를 따라 프랑스 남부를 여행하려던 중에 한 남성을 만난다. 그의 이름은 장 메이에. 이 소설은 시종일관 두 남녀의 시점을 교차하는 방식으로 짜여 있다. 장의 사연도 짚어보면 나미의 것만큼이나 아프고 복잡하다. 어린 시절에 부모를 잃고 백부에게 입양되어 자라온 한 남자의 상처란 어떤 것일지, 겪어보지 않았으므로 짐작만 할 뿐이다. 그는 열차에서 만난 나미에게 첫눈에 호감을 느끼고, 나미의 애도 여행길에 동참하겠다고 제안한다. 그리고 둘 사이에는 아무 일도 일어나지 않은 것으로 하고, 여행과 더불어 이야기는 종료된다.

그러나 기실 겉보기는 실제 속사정과 매우 다를 때가 많은 법이다. 장은 나미에게서 자신의 어머니 미자를 떠올린다. 아니 두 사람은 지금 자신의 곁에 없는 소중한 사람의 '부재不在'를 확인했다고 하는 편이 정확할 것이다. "강지섭이 십 년 전 그 호텔들에 묵었던 이유 따위는 나에게 중요하지 않았다. 그가 머물렀던 십 년 전이라는 시공간은 나에게 화석일 뿐이라는 사실을 확인한 것으로 충분했다."(100쪽) 결코 다른 사람으로 대신할 수 없는 상실의 텅 빈 구멍을 두 번 세 번 들여다보는 일, 그것이 '애도'가 아닐까. 두 사람은 함께한 여정을 통해 그 구멍을 안고 살아가는 서로의 처지에 공감하면서 각자의 애도 작업을 착실하게 진행해온 것일지도 모른다. 소리없이, 표나지 않게 이루어진 것일지언정 이는 각자에게 힘겹게 뗀 첫발을 의미하는 것이 아닐까. 각자의 삶이라는 격류 안으로 다시 걸어들어갈 힘을 모으기 위해. "그는 놀라운 이야기를 담담하게 했고, 나는 담담하게 듣다가 놀라면서 오후에 요란하게 사이렌 소리를 내며 달려가던 소방차와 앰뷸런스의 의미를 깨달았다. 그런 거죠, 인생이."(91쪽) 그들이 도달한 '담담함'이란 대체 어떤 경지일까. 무엇이 미칠 것처럼 고통스럽던 이들의 마음을 위로해 웬만한 충격쯤은 끄떡없이 견뎌내는 '어른'이 되게 한 것인지, 독자는 궁금해지지 않을 수 없다.

양부모 밑에서 성장기를 겪은 등장인물은 「그는 내일이라고 말하지 않았다」에서 또다시 등장한다. 사실상 고아나 다름없는데다가 양부모의 죽음으로 인해 이중의 상실을 겪어야 하는 이들의 운명을 통해 작가는 선험적인 상실이라는 고전적인 테마를 변주하고 있다. 더욱이 주인공 무일은 연인과 막 결별한 상태에서 회사로부터 해고 통보를 받은 절박한 처지에 놓여 있다. 오갈 데 없는 무일을 향해 뜻밖의 도움을 뻗친 사람은 '공주님'이다. 조선 왕실의 마지막 대 옹주와 연이 닿은 그는 생각지도 않은 공주님의 호의로 브루클린에 있는 한 지인의 집에 머물게 된다. 그러나 그는 자신의 심란한 처지로 인해 그곳에서도 평안을 찾지 못한다. 집주인인 토마스의 오늘내일하는 위중한 병세가 절망에 빠진 자신의 모습과 포개어지고 겹쳐지는 탓이다. 그러나 공주님을 향해 편지를 쓰고 토마스의 병을 걱정하는 사이, 무일에게도 변화가 일어난다. 기적이라고까지 할 순 없겠지만 사람이 자신의 처지에 차츰 적응해나간다는 것은 생각해보면 놀라운 선물이 아닐 수 없다. 인간은 자신의 아픔을 타인의 고통에 덧대면서 살아가는 신기한 존재다. 소통할 수 없어도 서로에게 각자 짊어져야 할 아품이 있다는 것, 모두가 고독과 상실이란 공통감각을 자신만의 방식으로 겪어내고 있다는 사실을 지각하는 일은 우리에게 도움을 준다. "무일은, 다시, 조용히 살 만한 곳을 찾았다."(77쪽) 이 무심한 문장만큼 슬픈 이야기에 잘 어울리는 결말도 없을 것이다.

부재로 채운 빈자리

이들이 무상한 시간의 흐름 속에서 흔들리지 않고 버티는 방식은 따로 있다. 사방 흘러가는 리듬에 몸과 마음을 맡기는 이들이 있는가 하면 나름대로 발을 붙이고 제자리를 단단하게 잡는 사람도 있다. 아주 가끔, 격렬하게 이 흐름에 맞서다 역류에 부딪혀 제풀에 끈을 놓아버리는 사람들도 만난다. 대개 우리는 이런 다양한 유형 사이를 오가며, 혹은 중간 어디쯤 걸쳐서 적당하게 자리를 잡는다. 분명한 건 속으로는 다들 살 방도를 찾기 위해 나름의 사력을 다하고 있으리라는 점이다. 함정임의 소설 속에는 다양한 공간이 배경으로 펼쳐지는 만큼 다양한 개성을 지닌 인물들이 숱하게 등장하지만 이들의 가슴에서 타오르는 욕망은 단 하나다. 자신에게 남은 시간을 어떻게든 '살아가려는 것'. 아무리 숨기려 해도, 우울과 좌절의 분위기로 자신의 참마음을 가리고 있어도 독자는 소설 속에서 그 치명적인 충동을 발견하고야 말 것이다. 아무리 미약한 수준이어도, 그 힘은 그들이 삶을 죽음으로 밀어붙이는 강도보다는 독한 것임이 분명하다.

시종 부대끼면서도 차마 놓치려고 하지 않는 것, 메스껍지만 일순간 매혹되고 마는 것, 생은 그런 것이 아닐까. 작가는 「저녁식사가 끝난 뒤」에서 나이 지긋한 소설가의 눈을 통해 알 듯 모를 듯한 존재의 비의를 탐구한다. 이 소설을 이끌어가는 인물인 순남과 희복 부부는 어느 날 자신의 집에서 조촐한 파티를 연다. 이 자리에 초대되는 손님은 식탁의 규모와 알맞은 여섯 명이지만 실제로 이 모임에 참석하는 이의 숫자는 그러한 계산을 넘어서는 것으로 보인다. P선생은 이미 '없는' 사람이지만 그의 존재감은 이들의 모임을 주재하며 나아가 소설 전체를 지배하고 있다. 독자는 이 소설을 읽고 나면, 한 번도 등장하지 않았던 P선생의 모습이 가장 뚜렷하게 각인되는 신비로운 인상에 휩싸인다. 이 소설은, 그리고 순남이 개최한 이 모임은 부재를 뚜렷한 현전으로 바꾸어버리는 마술을 발휘한다. 그것이 바로 애도의 신비가 아닐까. 순남이 언젠가 이들의 집을 방문한 울란바토르에서 온 가수 자야가 들려준 샤먼의 노래를 새삼 상기하는 것도 이러한 짐작과 무관하지 않을 것이다. 영매는 상실의 빈자리를 임재臨在로 바꾸는 역할을 한다.

그러나 상실의 빈자리는 쉬 메워지는 것이 아니다. 작가는 자칫 애도의 분위기에 젖어 미망에 잠기기 쉬운 우리의 마음을 날카롭게 내려치곤 한다. 「구두의 기원」에서 작가는 창조력을 탕진해버린 또 한 명의 소설가를 우리 앞에 등장시킨다. 그는 달팽이관에 이상이 생겨 겨울이면 유독 심해지는 어지럼증에 시달리고 있다. 그러나 이는 무언가에 강박적으로 매달리지 않고는 살 수 없는 불안한 상태를 반영한 것으로 보인다. 일요일마다 요양병원에 입원해 있는 노모를 방문하는 일, 자신의 옛 편집자였던 J에게 어린애처럼 기대려고 하는 습관, 글을 쓰지 못하는 대신 SNS에 적극적으로 참여하는 것 등이 모두 심상치 않은 징후로 보인다. 그는 혼돈 속에서 자신을 붙잡아 정박시켜줄 고정점 같은 것을 필요로 하는 것이 아닐까. 그 와중에 그의 눈 속에 우연히 들어온 것이 길바닥에 놓인 구두 한 켤레다. "텅 빈 머릿속에 영상 하나가 떠오르더니 이내 가득찼다. (……) 너는 그것이 궁금해지기 시작했다. 그것은 예사롭지 않은 가죽 덩어리였다."(137쪽)

그에게 필요했던 것은 항상 같은 자리에서 그의 애착을 받아주는 대상이었을 것이다. 그러나 그런 작은 바람마저 언젠가는 거둬들여야 할 때가 오고야 만다. 이 순간은 주인공에게 정신적인 위기를 의미한다. 모든 것은 시간의 경과에 따라 변하고 사라지기 마련인 것이다. 그에게 남겨진 숙제는 그 빈자리를 온전히 자신의 것으로 받아들이는 일이다. 그는 어쨌든 견디어야 한다.

그것이 정말 구두였는지, 그렇다면 누구의 것이었는지, 또한 그것은 어디에서 왔다가, 어디로 갔는지, 너는 아는 것이 없었다. 분명한 것은 그것이 사라지고 난 뒤 너에게 변화가 일어나기 시작했다는 것이다. 그것은 어떤 이물감의 흔적을 또렷이 새겨놓았고, 이물감이란 소용돌이치며 타오르는 생명력이었다.(「구두의 기원」, 139쪽)

구두가 사라진 자리에서 느끼는 '이물감', 그것은 아마도 '부재' 그 자체의 존재감일 것이다. 이러한 전회轉回는 막다른 골목에 몰린, 절박한 이에게만 허락되는 축복과도 같다. 그에게 부재란 이미 아무것도 '없는' 허허로운 상태가 아니며 텅 빈 상실의 공간을 채워주는 또 하나의 '있음'이 된다. 소설 속에서 내내 '너'라는 이인칭으로 호명되던 주인공이 마침내 자신이 쓴 글을 통해 '나'라는 일인칭 주격을 회복하게 되는 순간은 그의 심경에 일어난 모종의 변화를 상징하는 것이리라. "그런데 어제, 그 자리에 구두가 없었다. 그는 죽어버린 것이다. 죽은 것으로 판명이 된 것이다. 나는 그가 누구인지 모른다. 그러나 나는 그 사람이 아팠고, 구두가 궁금했다. 나는 미칠 것 같았다. J에게 찾아갔다. 끈 달린 갈색 구두, 그것은 나와 아무 상관 없는 것이었다. J가 말했다."(146쪽)

빛은 몰락하는 이들을 위해

잠자코 우연으로 돌리기엔 그들의 모습이 너무 가엾다. 난데없이 마주친 사물에 마음을 줄 만큼 그들은 외로운 존재들이다. 이 사물들은 잠시나마 허한 가슴을 채워준다는 점에서 자비로운 대상이라고 할 수 있지만 곧 자신이 '아무것도 아닌', 다시 말해 텅 빈 대상임을 드러내고 만다는 점에서 보는 이의 마음을 쓰리게 한다. 아마도 등장인물들은 독자보다, 심지어 작가보다 앞서 감지하고 있을 것이다. 애정, 집착, 징표, 이 모든 것은 그저 우연히 마음에 들어온 환상의 대체물에 불과하다는 치명적인 사실을. 그러나 중요한 것은 이 대상 자체보다 절망에서 몸을 일으켜 애써 어딘가에 마음을 붙이려는 행위가 아닐까. 그러다보면 아무리 속절없이 흘려보내는 인생일지언정 그런대로 살 만하다고 스스로를 위안하는 순간도 찾아오지 않을까. 함정임의 소설은 이 작은 계기를 붙들기 위해 벌어지는 소리없는, 그러나 격렬한 분투를 담고 있다.

「밤의 관조」의 주인공 '나'는 반복되는 낙태와 유산의 경험으로 인해 심신이 피폐해진 상태이다. "의사의 지시대로 스크린으로 고개를 돌려보니 강낭콩만한 생명체가 광활한 우주에 꿈틀거리고 있었다. 그런데 일주일 만에 스크린에는 컴컴한 우주 공간뿐 텅 비어 있었다."(154쪽) 그에게 폐사廢寺를 찾는 일을 의뢰한 친구 오란은 실족사로 남편 우진을 잃은 불의의 사고를 겪은 이후 위기를 극복하고 사업에서 크게 성공을 거둔 입지전적 인물이다. 그런 자신에게 마음의 의지가 되었던 관조 스님이 입적을 하자 오란은 크게 상심한다. "몇 년 전에도 오란은 그렇게 흐느꼈었다. 우진을 땅에 묻고 와서 일주일쯤 뒤 해질녘이었다. 잠이 오지 않는다고, 눈이 감기지 않는다고, 누웠어도 등이 허공에 떠 있는 것 같다고, 앞이 캄캄한 게 아니라 온통 하얗다고, 가도 가도 구름 속 같다고, 아니 그게 뭔지 모르겠다고, 무섭다고 했었다."(162쪽) 주인공과 오란에게, 관조 스님의 입적을 지켜보는 일은 그들의 삶을 붙들어주던 또다른 대상을 떠나보내는 일이다. 사랑하는 사람이 하나둘씩 곁을 떠나는 일을 막을 수 있는 사람은 없다. 그러고 보면 살아남아 있다는 것은 세상에 홀로 남아 있다는 사실을 끈덕지게 견디는 일과 다를 바가 없어 보인다.

나는 문 하나를 사이에 두고 두 세계에 걸쳐 서 있었다. 경쾌한 소리, 투박한 소리, 엉기는 소리, 육중한 소리. 그들의 발걸음이 일으키는 소음은 걷는 것, 오르는 것, 그러니까 살아 있는 것은 끊임없이 나아가

는 행위라는 것을 새삼 일깨워주는 것 같았다.(「밤의 관조」, 168쪽)

이 대목을 통해 작가는 세상에 홀로 남아 있다는 것, 살아간다는 것
은 결코 수동적인 행위가 아님을 역설한다. 사라진 대상을 보내주고,
또다시 어딘가에 마음을 주며, 가까스로 자신에게 남겨진 몫을 살아
간다는 것은 치열한 '욕망'에서 비롯된 행위임을 작가는 우리에게 알
려주고 있다. 우리를 시종일관 강하게 잡아끄는 죽음충동을 이겨내는
것조차, 얼마만큼 큰 욕망, 격정, 정열이 필요한 일인가. 이런 '위안'
을 생성해내는 것은 우리 각자에게 부여된 권리, 아니 의무가 아니겠
는가. 그것이 거짓이든, 환상이든, 강박증이든, 우리는 어차피 서로가
자신을 지탱하는 방식에 대해 이해하지 못할 것이다. 각자에게는 자
신의 이야기가 있는 법이다. "그것이 누구의 삶이든 너와는 아무 상
관이 없었다."(「구두의 기원」, 125쪽)

한편, 작가는 설령 자신의 이야기가 다른 사람에게 온전히 이해되
지 못할지라도 어쩔 수 없는 일이라고 말하는 듯하다. 「꽃 핀 언덕」의
주인공 '나'에게는 친구의 남편인 L의 삶이 바로 그러한 경우다. 주인
공은 그로 인해 과거에 누구보다 당당한 인물이었던 친구 U가 불행한
삶을 살고 있다고 굳게 믿는다. "멕시코로 돌아가고 싶대. 그 어딘가
에 애도 있다던데. U에게는 모르는 체하라구. 한 사람을 이해하는 것
이 얼마나 피곤하고 힘든 일인지, 당신이 더 잘 알 거야. U는 U고, 그
도 마음잡고 애새끼 데리고 살려고 발버둥치고 있잖아. L을 이해해야
지."(187쪽) 남편의 말마따나 U와 L, 두 사람의 사정은 그들만이 알

것이다. "후광을 상실한 마돈나"(195쪽)와 같은 U의 모습은 LA에 체류하는 내내 주인공의 마음을 아프게 만든다. 그러나 마지못해 이끌려간 여행길에서 찍어온 사진에 담긴 U의 환한 모습은 주인공의 상한 마음을 달래기에 넉넉한 빛을 전해준다. "꽃분홍색 반팔 니트를 입은 U는 두 팔을 난간에 기댄 채 햇빛에 찡그리며 웃고 있었다. 벌린 겨드랑이 사이로 빛이 충만했다."(176쪽) 그리고 주인공은 다음과 같이 자신의 속내를 고백한다. "화면의 사진을 들여다보는 내 입가에 어느새 미소가 번졌다. LA를 떠날 때 내 귀를 사로잡았던 보니 엠의 〈서니〉가 귓전에 울렸다. 서니, 고마워요…… 당신 얼굴에 지은 미소……"(202쪽)

그는 어째서 사진 속의 U에게 거듭 고마움을 느끼는 것일까? 불행한 결혼과 힘겨운 이민생활에 젊음을 탕진해버린 그의 속사정을 다 알아버렸으면서도 우연히 사진기로 포착해낸 그의 미소를 보며 주인공은 왜 함께 웃음을 짓는 것일까? 그것은 심연에서 가까스로 건져올린 단 한 점의 빛을 향해 올리는 참된 감사의 표시일 것이다. 이로부터 그는 지금 이곳에 살아 있다는 생생한 감각을 얻는다. 일시에 번뜩이는 찰나의 생은 그 무상성 때문에 오히려 독특한 아름다움을 지닌다. 생은 그 무수한 점과 획들이 모여 만드는 커다란 그림이자 우주적인 화음일지도 모르겠다. 함정임의 이번 소설집이 더욱 특별한 의미로 다가온다면 몰락과 폐허로 가득한 세계를 일순 덮어버리는 위안의 미광을 담고 있기 때문이다.

"여름 한철 반짝하고 깨어나는 이 도시처럼 그들의 삶도 한여름 밤 어두운 공원에서 폭죽처럼 터지는 무도舞蹈의 순간으로 생기를 찾고 있는 것일지도 몰랐다"(「어떤 여름」, 89쪽)는 고백은 다른 소설에 나오는 "잊지 못할 순간은 몇 번이고 올 수 있지만 운명적인 순간은 오직 한 번, 그녀를 처음 본 그 봄날, 금잔화가 황금빛으로 줄지어 피어 있던 그 오후 한때뿐이었다"(「오후의 기별」, 113쪽)라는 구절과 함께 어울려 이 세계를 응시하는 작가와 인물들의 영혼을 점묘해간다. 분분히 흩뿌려진 아름다운 빛의 점들은 지나간 과거로 인해 상처입고 정해진 미래로 인해 낙담한 인간들에게 허락된 날카로운 감각이리라. 함정임의 소설은 부재에 기대어 오랜 시간을 견뎌온 이들의 몫에 대해 말한다. 우리가 그것을 알아보는 이유는 그들이 겪은 상실이 나의 것과 다르지 않기 때문이다. 내 상처가 그들의 것과 만날 때 느끼는 기쁨, 소설은 또한 그 찰나를 위해 마련된 사건이 아니겠는가.

작가의 말

어느 순간부터,

소설 쓰기란
추모의 형식 이외에
아무것도 아니라는
생각을 한다.

사물이든
사람이든

세상 어느 한 곳
어느 하나

불러보고 싶은 이름들이
있다.

미처 다가가지 못한
미처 풀지 못한
미처 주지 못한

그들에게
이 하찮은 소설 조각들을
바친다.

소설을 계속 쓰도록
청탁해주고, 기다려주고,
책으로 엮어주신 분들께
감사드린다.

이천십오년 봄,
달맞이언덕에서
함정임

| 수록 작품 발표 지면 |

기억의 고고학—내 멕시코 삼촌 …… 한국문학, 2012년 여름 /
2013년 이상문학상 작품집 수록

저녁식사가 끝난 뒤 …… 문학사상, 2011년 3월 / 2012년 이상문학상 작품집 수록

그는 내일이라고 말하지 않았다 …… 현대문학, 2010년 6월

어떤 여름 …… 『도시와 나』 바람, 2013

오후의 기별 …… 현대문학, 2013년 4월

구두의 기원 …… 황해문화, 2012년 봄

밤의 관조 …… 현대문학, 2007년 2월

꽃 핀 언덕 …… 문학사상, 2007년 1월

문학동네 소설
저녁식사가 끝난 뒤
ⓒ 함정임 2015

1판 1쇄 2015년 3월 30일
1판 2쇄 2015년 6월 8일

지은이 함정임
펴낸이 강병선
책임편집 황예인 | 편집 김고은 정은진 김내리 유성원
디자인 김이정 유현아 | 마케팅 정민호 나해진 이동엽 김철민
홍보 김희숙 김상만 한수진 이천희
제작 강신은 김동욱 임현식 | 제작처 영신사

펴낸곳 (주)문학동네
출판등록 1993년 10월 22일 제406-2003-000045호
주소 413-120 경기도 파주시 회동길 210
전자우편 editor@munhak.com | 대표전화 031) 955-8888 | 팩스 031) 955-8855
문의전화 031) 955-3576(마케팅) 031) 955-8864(편집)
문학동네카페 http://cafe.naver.com/mhdn | 트위터 @munhakdongne

ISBN 978-89-546-3576-9 03810

* 이 도서의 국립중앙도서관 출판예정도서목록(CIP)은 서지정보유통지원시스템 홈페이지
  (http://seoji.nl.go.kr)와 국가자료공동목록시스템(http://www.nl.go.kr/kolisnet)에서
  이용하실 수 있습니다.(CIP 제어번호 : 2015008614)

www.munhak.com